KB185694

너의 마음이 부를 때

너의 마음이 부를 때

첫판 1쇄 펴낸날 2024년 12월 16일

지은이 탁경은
발행인 조한나
주니어 본부장 박창희
편집 박진홍 정예림 강민영
디자인 전윤정 김혜은
마케팅 김인진 김은희
회계 양여진 김주연

펴낸곳 (주)도서출판 푸른숲
출판등록 2003년 12월 17일 제2003-000032호
주소 경기도 파주시 심학산로 10, 우편번호 10881
전화 031) 955-9010 **팩스** 031) 955-9009
인스타그램 @psoopjr **이메일** psoopjr@prunsoop.co.kr
홈페이지 www.prunsoop.co.kr

ISBN 979-11-7254-536-9 44810
978-89-7184-419-9 (세트)

너의 마음이 부를 때

탁경은 장편소설

푸른숲주니어

차례

7 마이 상담소
13 하윤
18 먼지만 폴폴
26 카페 통로
35 연애 상담
42 너나 잘하세요
48 차 무당
57 사랑하는 사람
64 지금은 상담 중
74 마라탕 시스터즈
83 맛있는 집밥
90 있는 그대로의 우리
100 불공평해
108 말해 줘
115 동병상련
120 아지트
130 트러블 메이커
136 언제든 부르면
143 고모와 통로
150 차가운 북풍
156 약속
164 예술
171 다시 마이 상담소

178 작가의 말

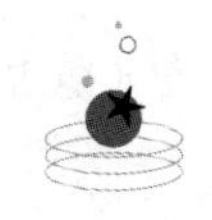

마이 상담소

사람이 사람을 좋아하는 데는 딱히 이유가 없다. 그런데도 사람들은 누군가를 좋아하게 되었다고 말하면 곁으로 바짝 다가와 묻는다. 어디가 좋은데? 뭐에 반했는데? 언제부터 좋아했는데? 그 사람을 왜 그렇게 좋아하는데?

내가 국어 선생님을 좋아하는 이유도 그렇다. 어떤 날은 샘을 좋아하는 이유를 백 가지도 넘게 꼽을 수 있고, 어떤 날은 이유가 한 가지도 없는 듯해 스스로도 좀 당황스럽다.

이유가 뭐가 중요한가. 중한 것은 내 마음이지. 그래서 나는 오늘도 예비 반장이자 나의 베프인 하윤을 따라 쫄레쫄레 교무실로 향한다. 교무실에 가면 국어 샘을 만날 수 있을 테니까. 먼

발치에서라도 국어 샘을 하루에 한 번 보지 않으면 허전해서 가슴이 쿡쿡 쑤실 정도니까.

하윤이 담임 샘에게 다가가 심부름을 전달받는 사이, 나는 끈덕지게 국어 샘 자리를 힐끔거린다. 오늘도 샘은 반듯하게 다린 하얀 셔츠를 입고 왔다. 얼굴 톤이 밝고 하얘서 그런지 하얀 셔츠가 찰떡이다. 가슴 한구석이 간질간질하다.

작가를 중심으로 작품을 해석하는 표현론적 관점을 설명하면서, 샘은 미국 소설가 헤밍웨이를 인용했다. 작가가 직접 경험한 일들이 작품에 고스란히 반영된 예시들이 흥미로웠다. 샘의 말에 따르면, 헤밍웨이는 제1차 세계 대전에서 포탄에 맞아 뇌진탕을 일으켰고, 다리에도 큰 부상을 입었다. 그 외에도 여러 번의 사고를 당했다.

작가의 생애 자체도 드라마틱했지만, 무엇보다도 내 마음을 뒤흔든 것은 헤밍웨이가 남긴 말들이었다.

인간은 파멸할 수는 있어도 패배하지는 않아.

헤밍웨이의 대표작 《노인과 바다》에 나오는 말이었다. 무슨 뜻인지 정확히 파악되지 않았는데도 듣는 순간 멋지다고 생각했다. 하지만 정작 내 마음을 완전히 사로잡은 문장은 따로 있었다.

세상은 모든 사람을 쓰러뜨리지만, 많은 이가 쓰러진 곳에서 더욱 강해진다.

헤밍웨이의 말과 함께 국어 샘이 덧붙인 말이 묵직하게 다가와 내 가슴을 강하게 두드렸다.

"살다 보면 우리가 원하지 않는 일들이 닥치기 마련이죠. 그때 우리는 결정해야 합니다. 쓰러질지, 다시 일어설지. 전 여러분이 쓰러지지 않고 다시 일어서는 사람이 되면 좋겠습니다."

굳이 사랑에 빠진 이유를 찾아야 한다면 아마도 이 순간이 아닐까 싶다. 어쩌면 이 말을 듣기 전부터 샘을 좋아하고 있었는지도 모르고.

5교시는 도덕 시간이었다. 소크라테스까지는 어찌어찌 견뎠는데 플라톤이 나오자 대부분 수면 모드가 되었다. 나도 비몽사몽이었다. 내가 기억하는 것은 플라톤이 소크라테스의 제자였다는 사실 하나였다.

수업 시간이 끝나는 종이 울리자 아이들은 기지개를 켜거나 사물함에 가는 등 저마다의 방법으로 몽롱한 정신 상태에서 깨어나려고 발버둥을 쳤다.

하윤과 함께 화장실에 가려고 복도로 나갔을 때였다. 복도 맨 끝에서 국어 샘이 짠, 나타났다. 어쩐지 샘이 우리 교실 쪽으로 다가오는 듯해, 나는 하윤을 홀로 화장실에 보내고 다시 교실로 들어갔다.

"얘들아, 쉬는 시간 방해해서 미안."

샘이 부드러운 목소리로 말하자, 앞자리에 앉은 아이가 잽싸게 대꾸했다.

"괜찮아요, 샘."

"다름이 아니라 아직 동아리 결정 못 한 사람 있니?"

"저요!"

"저두요!"

아이들 몇 명이 손을 번쩍 들었다.

"어디 들어갈지 아직 결정 못 했으면 또래 상담소에 들어오라고."

"이름이 뭔데요?"

"마이 상담소."

마이 상담소? 대체 무슨 뜻이지? 뜻 모를 싱거운 동아리 이름에 뒷자리에 앉은 애들이 킥킥대다가 쑥덕거렸다.

"아무나 들어갈 수 있어요?"

"면접 보긴 할 텐데 신청자가 많지 않으면 다 뽑아 줄게."

샘이 호탕하게 말하자 아이들 얼굴에 호기심과 장난기가 어렸다. 한번 지원해 볼까? 그렇게 말하는 애도 있었다. 샘의 설명이 좀 더 이어졌다. 마이 상담소는 또래 상담소이고, 동아리 활동

장소는 위클래스라고 했다.

갑자기 마음이 심란해졌다. 이미 독서 토론 동아리로 마음을 정해 둔 상태였는데, 몹시 흔들렸다. 샘이 담당자로 있는 동아리에 들어가면 샘을 좀 더 자주 볼 수 있을 것이다. 독서 토론 동아리에 들어가면 독서록도 채울 수 있고, 논술 경시 대회 참가 자격도 생긴다고 좋아라 했던 하윤을 설득할 수 있으려나?

할 말이 끝났는지 교실을 나가려던 샘이 갑자기 몸을 홱 돌려 마지막 말을 덧붙였다.

"참, 동아리 이름이 왜 '마이'인지 알아내는 사람은 면접 없이 바로 통과야!"

"올!" 하는 아이도 있었지만 "뭐래?"라며 시큰둥해하는 아이도 있었다. 나는 샘의 말에 어이없는 반응을 하는 애들을 한번 째려본 다음 눈알을 또르르 굴렸다.

동아리에 가입하든 안 하든, 나는 이 문제를 반드시 풀어야만 한다. 그것도 빠른 시일 안에 말이다. 지금 이 순간 내가 가장 좋아하는 사람이 퀴즈를 냈으니까. 나는 원래 문제를 보면 내 힘으로 풀어야만 직성이 풀리는 타입의 인간이니까.

6교시. 과학 수업을 듣는 둥 마는 둥 한 채 나는 홀로 골머리를 앓았다. 알아내야만 했다. 왜 또래 상담 동아리 이름이 마이일까. 샘이 여기에 숨겨 둔 메시지는 무엇일까. 또래 상담 동아리에 들어가지 못해도 좋다. 나는 이 문제를 기필코 풀어야만 한다. 누구의 도움도 받지 않고 내 힘으로 풀면 더 좋고. 나는 머리카락을 쥐어뜯었다.

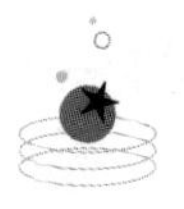

하윤

샘이 낸 문제를 해결하려고 밤을 꼴딱 새웠지만 결과는 나빴다. 직감적으로 그리 어려운 문제가 아닌 듯해 만만하게 봤다가 큰코다친 꼴이었다.

일단 영어로 접근했다. My 상담소. 그렇다면 나의 상담소라는 뜻? 뭔가 밋밋하다. 골룸의 명대사 'My precious'는 왜 떠오르며, 지뢰를 뜻하는 mine은 이 와중에 왜 떠오르냐고. 영어는 패스.

분명 이건 줄임말이다. 음, '마'음에 드는 '이'상한 상담소? 흠, 굉장히 마음에 들지 않는다. '마'음을 울리는 '이'색적인 상담소? 좀 낫지만, 여전히 아닌 것 같다. '마'법 같은 '이' 학년 상담소? 이런 뜻이라면 1학년과 3학년이 겁나 화내겠지? '마'법이 '이'루어지는 상담소? 이건 어쩐지 상담 동아리가 아니라 마술 동아리 이름 같은데.

끝까지 내 힘으로 풀고 싶었지만 그만 항복하고 폭풍 검색을 시도했다. 마이, 두 글자를 넣자 다양한 결과가 쏟아져 나왔다. '마이'라는 이름의 해외 드라마가 한 편 나왔고, 정장 마이를 검색하는 줄 알고 남성용 재킷이나 세미 캐주얼 정장 리뷰가 주르륵 검색되었다. 새로운 사실도 알았다. 일본어와 베트남어권에서 Mai를 여자 이름으로 많이 쓴단다. 베트남어로 황금색 꽃이라나. 뜻도 참 예쁘네.

다음 날 다크서클이 광대까지 내려온 나를 보며 하윤은 혀를 끌끌 차 댔다.

"적당히 좀 하시지."

"아, 씨, 금방 풀 줄 알았는데."

내가 볼멘소리를 하자 하윤이 톡 쏘아붙였다.

"맨날 그 소리."

"풀고 싶다고!"

나는 두 주먹으로 책상을 쾅쾅 내려친 다음 풀썩 엎드렸다. 하윤은 다시 한번 혀를 차고는 자기 자리로 돌아가려고 일어섰다. 쉬는 시간에 하윤이 잠깐 나를 보러 온 거였다.

전설처럼 내려오는 이야기가 하나 있다. 어렸을 때부터 내가 가장 좋아하는 일이 바로 퀴즈 책 읽기와 게스트에게 퀴즈를 내는 티브이 프로그램을 보는 것이었다. 하루는 책을 보다가 쉽게 풀리지 않는 문제를 만났다. 뒷장으로 넘어가면 바로 정답을 볼 수 있을 테지만, 나는 그러지 않았다. 어떻게든 문제를 내 힘으로 푼 후에 정답을 확인하는 것이 나만의 루틴이었다.

새파랗게 어리고 몸집마저 작은 아이는 밥도 먹지 않고 잠도 자지 않고 열 시간 내내 그렇게 문제에만 매달렸다. 어른들이 말리고 회유하고 협박해도 아이의 머릿속은 문제로만 가득했다. 그렇게 끙끙 앓고 고민을 거듭하다가 문제가 풀리는 그 순간, 아이는 느꼈다. 엄청난 쾌감과 함께 온몸을 타고 흐르는 전율을.

자리로 돌아가려는 하윤의 손을 덥석 잡으며 애걸복걸했다.

"하윤아, 한 번만 도와줘라."

"분위기 왜 이래? 또 뭔 개소리를 하려고."

"내가 이 문제를 풀지 못하는 수치스러운 오점을 남겨도 좋으니까 이 동아리 같이하자, 응?"

하윤의 입에서 기가 차다는 듯 "하!" 하는 소리가 터져 나왔다.

"난 이 동아리여야만 해. 이유는 너도 알지?"

"싫다면?"

태어날 때부터 내게 없는 것이 하나 있다면 바로 애교였다. 하는 수 없지. 몸 안에 있는지 없는지조차 모르겠는 애교를 한껏 끌어모아 콧소리를 냈다.

"봉사 시간도 준대. 아잉, 하자."

하윤이 고개를 절레절레 저어 대다가 오래된 애인에게 잔소리를 하듯 말했다.

"으휴, 내가 너 땜에 못살아."

초등학교 5학년 때 하윤과 같은 반이었다. 우리는 운 좋게 자주 짝꿍이 되었고 급속도로 친해졌다. 그때부터 지금까지 하윤은 내 단짝이고 베프다. 당연히 6학년 때도 같은 반일 거라고 생각했지만, 우리의 기대와 달리 다른 반으로 찢어졌다. 세상이 다 끝난 사람처럼 징징대는 나를 어른스럽게 달래며 하윤은 이렇게 말했다.

"속상해 마. 학원 같이 다니면 되지."

"그렇긴 하지만……."

"그리고 언제든 부르면 내가 달려갈게."

"진짜지?"

"그럼."

그러다가 같은 중학교에 배정되었다는 사실을 알았을 때 나는 뛸 듯이 기뻤다. 비록 같은 반이 되는 행운은 누리지 못했지만 말이다. 다행히 3학년에 오르면서 같은 반이 되었으니 한 번은 행운을 누렸다고 본다.

일단 마이 상담소에 들어가려면 서류 심사를 통과해야 했다.

답변해야 하는 첫 번째 질문은 다음과 같다.

또래 상담부 마이에 들어오려는 이유가 있습니까?

있어야만 했다. 답변으로 '사랑 때문에' 혹은 '국어 샘이 잘생겨서'라고 적을 수는 없는 노릇이니까.

나는 공감, 소통, 도움 같은 아름다운 단어를 나열하여 적당히 그럴싸한 문장을 만들었다. 상담부원으로서의 포부도 밝혔다. 내가 쓴 글을 하윤이 매만져 주었다.

하윤은 글도 잘 쓰고 말도 잘했다. 두루두루 재능이 많았다. 공부를 포함해 뭐든 못하는 게 별로 없었다. 눈치도 빠르고 분위기 파악도 잘했다. 그래서 하윤은 아이들에게 인기가 많았다. 늘 반의 중심이었다. 그런 하윤이 내 곁에 있다. 그러니 올 한 해는 별문제 없이 조용히 지나갈 것 같다.

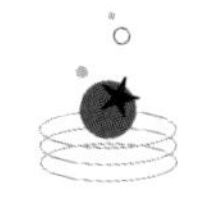

먼지만 폴폴

그거야, 마이동풍!

온몸을 타고 짜릿짜릿한 전기가 흘렀다. 드디어 국어 샘이 낸 문제를 풀었다. 상담소 이름 '마이(馬耳)'는 한자였다. 즉, 말의 귀라는 뜻. 멍청하게 왜 그 생각을 못 했지? 한자라는 사실을 알아 버리자 이름을 이렇게 지은 샘의 의도도 금세 파악되었다. 말의 귀처럼 남의 이야기를 잘 들어 주는 상담소가 되라는 뜻 같았다.

바로 검색을 해 보니, 역시나 말은 청각이 매우 예민한 동물 중 하나였다. 가장 청력이 좋은 동물은 박쥐였고, 그 뒤로 고양이, 돌고래, 말 등의 동물이 순위권을 차지하고 있었다.

면접 날, 나는 의기양양하게 이 사실을 알렸다. 샘은 눈을 동그랗게 뜨면서 얼굴 가득 기특하다는 미소를 지었다.

"오, 어떻게 알았니?"

제가 퀴즈 푸는 달인이거든요. 그렇게 말하고 싶었지만 참았다. 샘에게 잘난 척 오지게 하는 아이로 각인되고 싶지 않았다.

"금방 풀지는 못했어요."

내가 수줍은 목소리로 말하자 옆에서 하윤이 끼어들었다.

"샘이 낸 문제 푼다고 얘 밤까지 꼴딱 새웠어요."

나는 하윤의 옆구리를 팔꿈치로 쿡 찔렀다. 나의 베프님은 다 좋은데 오지랖이 심하다.

"이거 영광인데. 아무래도 우리 동아리 부장 자리는 지원이한테 줘야겠다."

동아리 부장? 가뜩이나 카페 알바를 하느라 바쁜데 더 바빠지는 거 아냐? 아니지. 동아리 부장이 되면 국어 샘이랑 자연스럽게 자주 만나게 될 거 아니야? 짧은 시간 머릿속에서 많은 생각이 쉭쉭 지나갔다.

하여튼 면접은 무사히 끝났고, 결과는 통과였다. 그렇게 나는 당당히 하윤이와 또래 상담 동아리 마이 상담소의 부원이 되었다. 문제는 그다음부터였는데, 생각보다 해야 할 일이 많았다.

일단 또래 상담자 교육을 이수해야 했다. 전문 상담 교사에게 여러 상담 기법을 배우고 훈련하여 또래 상담자로 활약하는 것이 마이의 중요한 활동이었다.

작은 상담자가 되어 학교나 학급에서 소외된 친구들에게 먼저 다가가 손을 내민다. 마음이 아프고 힘든 친구들의 이야기와 고민을 듣고 해결해 주는 기술을 배우고 연습한다. 듣기에 참 좋은 말들이지만, 실제로 부딪치고 보니 보통 품이 많이 드는 일이 아니었다.

이뿐만이 아니었다. 학생들이 참여할 수 있는 또래 문화 프로그램을 기획하고 운영해야 했다. 특히 학기 초에 있는 친구 사랑 주간에는 혼이 빠질 정도로 바빴다. 일단 홍보 포스터를 만들어야 했고, 친구들을 서로 소개하고 칭찬하는 편지 쓰기 행사를 추진했다.

다행인 것은 마이의 부원들이 각기 매력이 다르고 잘하는 것도 달라서 합이 나쁘지 않다는 점이다. 다섯 살 아기처럼 귀여운 목소리의 소유자 효미는 그림을 잘 그렸고, 머리를 풀면 찰랑이는 갈색 머리카락이 예술인 예린은 꼼꼼함이 남달랐다. 내 영혼의 단짝 하윤은 특유의 유머 감각과 대책 없는 밝음으로 동아리 분위기를 담당했다.

나? 나는 그다지 잘하는 것도 없고 동아리에 힘찬 기운을 불어넣지도 못했지만, 그럭저럭 성실하게 상담 교육을 이수하고 부원들의 캐릭터에 나를 맞춰 나갔다. 한마디로, 나는 무늬만 동아리 부장이고 실체는 깍두기이자 들러리에 불과했다.

수행 평가로 정신없이 바쁜 어느 날, 하윤과 나는 급식을 대충 먹고 아지트로 향했다. 우리의 진짜 아지트는 위클래스가 아니다. 동아리실 가장 끄트머리에 있는 마술 동아리실이다.

마술 동아리 '비전'의 방은 여러모로 매력적이다. 첫째, 암막 커튼이 있다. 둘째, 간식거리가 끊이지 않고 풍성하게 있다. 셋째, 다른 동아리실에는 없는 편안한 소파가 있다. 소파 가죽이 조금 찢어져 너덜거리기 시작했지만 뭐, 그건 패스하고. 넷째, 축제를 앞둔 시점을 제외하고 이곳은 대부분 텅 비어 있다.

물론 마이 상담소의 주요 무대는 위클래스가 맞다. 그런데 햇빛이 가득 들어오는 위클래스는 우리에게 편하지 않았다. 참 설명하기 어려운 부분인데, 너무 밝고 너무 친절하고 너무 넓어서 좀 부담스럽다고나 할까. 학교의 공식 상담실이다 보니 드나드는 사람도 많고 늘 번잡했다. 게다가 상담 선생님의 눈길을 피할 수 없어 전혀 비밀스럽지가 않았다. 비밀 유지는 상담의 기본 중 기본인데 말이다.

급식 메뉴가 마음에 안 들었는지 깨작거렸던 하윤은 아지트의 간식 통을 뒤지기 시작했다. 비전의 간식 통을 틈틈이 채워 두는 사람은 매사 완벽하고 꼼꼼한 예린이었고, 그 간식 통을 초토화하는 사람은 늘 하윤이었다. 하윤이 가장 좋아하는 초코송이는 정확히 삼 분 후 이 세상을 하직할 것이다.

나는 하윤 옆에 앉아 조용히 바나나 우유를 흡입하며 멍을 때렸다. 학교에서는 수업 듣느라 바빴고, 학교가 끝나면 알바하느라 정신이 하나도 없었다. 이렇게 잠시라도 멍 때리는 시간이 내게는 귀하고 소중했다.

잠시 후 효미와 예린이 들어왔다. 예린이 내 곁에 몸을 던졌다. 그 바람에 가뜩이나 풀이 죽어 있던 소파는 잔뜩 움츠러들며 꺼졌다. 효미는 구석에 있는 책상에 앉았다. 아마 무언가를 끼적거리며 그림을 그리기 시작할 것이다.

"오늘도 먼지만 폴폴 날리는구나. 어째 상담받으러 오는 인간이 한 명도 없냐."

부지런히 초코송이를 먹는 하윤을 힐끗 보다가 예린이 말했다.

"나름 홍보 열심히 했는데 아~무 소용이 없네."

풀이 죽은 목소리였다. 효미가 몸을 돌려 소파에 있는 우리를 바라보며 말했다.

"홍보를 다른 각도로 더 해 볼까?"

예린은 효미의 말을 가볍게 무시하고는 걱정을 늘어놓았다.

"이러다 동아리 곧 없어지겠네."

"에이, 설마."

식성만큼 긍정의 기운이 넘치시는 낙천 하윤 선생의 한마디.

"아니, 무슨 활동을 해야 동아리가 유지되지. 몇 주째 개미 한 마리 얼씬 안 하잖아."

객관적인 팩트를 중시하는 예린이답지 않게 조금 과장이 섞인 멘트라고 생각했다. 상담을 신청한 애들은 없었지만, 이런저런 활동을 부지런히 하고 있으니 활동 자체를 안 하는 건 아니었다. 효미도 나와 같은 생각을 했는지 예린의 말에 딴지를 걸었다.

"과장이 좀 심한 거 아냐? 부원들도 열심히 뛰고 있고, 상담 샘 찾아온 애들한테 홍보도 계속하고 있으니까 기다려 보자."

"기다린다고 뭐가 달라지겠어. 망한 거야."

예린이 풍성하게 내려온 머리카락을 손가락으로 돌돌 말며 중얼거렸다.

"그 말은 너무 극단적이다. 좋게 생각하면 어디 덧나? 일단 지금은 상담 안 해도 돼서 좋기만 하구먼."

"헐, 동아리를 사랑하는 마음이 없네."

예린과 효미의 격돌이 과열되었다. 효미가 펜을 내려놓으며 예린을 쏘아보았다.

"말을 어떻게 그렇게 해? 친구 사랑 홍보 포스터도 내가 그렸잖아."

파워 J 완벽주의자 예린도 결코 물러서지 않았다. 맞짱이라도 뜰 기세였다.

"네가 포스터 그린다고 하도 유세 떨어서 칭찬 편지 쓰기 행사 빼 준 건 기억 안 나?"

관찰 결과, 평소에도 예린과 효미는 늘 옥신각신했다. 그런데 신기하게도 두 사람은 자주 부딪치고 아옹다옹하면서도 다음 날이면 기억 상실증에 걸린 사람들처럼 나란히 나타났다. 진짜 친한 사이라서 아무리 상처 주는 말을 주고받아도 괜찮은 건지, 아니면 어차피 서로에게 기대하는 바가 별로 없어서 적당한 거리를 유지하는 데 익숙한 건지 알 수 없었다.

"상담 안 해도 봉사 시간은 주는 거겠지?"

이미 과자 두 봉지를 깨끗이 먹어 치운 하윤이 조용히 읊조렸다. 예린과 효미의 다툼을 말려야 할지, 아니면 이 상황에서도 꾸역꾸역 과자를 먹는 하윤에게 핀잔을 줘야 할지 판단이 서지 않아 나는 가만히 앉아 있었다. 조용히 멍을 때리고 싶었지만 이미 그건 글러 버린 듯하니 대신 나에게 퀴즈를 내 볼까? 복잡한 상황을 마주할 때마다 나에게 퀴즈를 내는 것이 나의 습관 중 하나였다.

-아무도 상담소를 찾지 않는 상황을 바꾸려면?

불현듯 번뜩이는 아이디어가 스쳐 지나갔다. 한마디로, 유명해서 유명해지는 전략. 사람들은 소문을 좋아한다. 그리고 사람들은 소문에 무척 민감하다. 일단 소문이 돌기 시작하면 소문의 대상을 달리 본다고나 할까. 사람들에게 그 소문이 진짜인지 가짜인지는 중요하지 않다. 그렇다면?

"이거, 어때?"

말다툼을 하던 예린과 효미가 내 물음에 멈칫했다. 하윤은 다음 과자 봉지를 뜯으려다가 나를 건너다봤다.

"연애 상담을 기똥차게 해 주는 상담소라고 소문을 내는 거지.”

“연애 상담?”

예린이 되물었다. 하윤은 다음 과자 봉지를 뜯어 과자를 입에 넣으며 고개를 천천히 끄덕였다.

“그거, 괜찮은데?”

효미 얼굴에 배시시 웃음이 번졌다.

“과연, 동아리 부장답군.”

그 말을 끝으로 하윤은 더 이상 입을 열지 않았다. 지금 이 순간 입은 오로지 먹기 위해 존재하는 기관이라는 사실을 모두에게 공표하는 듯 부지런히 저작 활동에만 집중했다. 점심시간이 곧 끝난다는 걸 알리는 수업 시작 준비종이 울렸다.

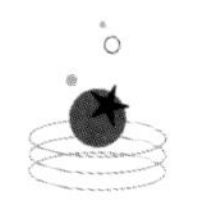

카페 통로

사람을 상처 입히는 것이 세 개 있다. 번민, 말다툼, 텅 빈 지갑. 그중에서 텅 빈 지갑이 사람을 가장 크게 상처 입힌다.

탈무드에 나오는 말이다. 이 말을 오롯이 이해하고 있는 중딩이 전국에 몇 명쯤 될까. 몹시 궁금하다. 확실히 말할 수 있는 것이 하나 있다. 나는 이 말을 '진정으로' 이해하고 있다. 텅 빈 지갑보다 사람을 상처 입히는 것은 없다. 이보다 더 무서운 것은 세상에 없다.

학교가 끝나면 집에 가서 교복을 벗어 놓는다. 간단히 우유와 빵으로 배고픈 속을 달랜 다음 카페에 출근 도장을 찍는다. 카페

'통로'는 번화가에서 살짝 빗겨 난 곳에 있다. 스타벅스나 커피빈 같은 커피 전문점에 비하면 규모가 작다고 볼 수 있지만, 그래도 테이블이 아홉 개나 있다. 골목마다 있는 아주 작은 규모의 카페보다는 제법 장사가 잘되는 편이다. 게다가 단골도 여럿 있어 꽤 자리를 잡았다고 볼 수 있다.

사장님 차희선은 나의 고모이다. 한마디로, 아빠의 여동생. 나는 이곳에서 월, 금 아르바이트를 한다. 음, 아르바이트가 없는 화, 수, 목에도 자주 카페에 나오는 편이다. 아직 중딩이라 공식 채용은 아니고 고모가 일정이 있어 자리를 비울 때 잠깐 카페를 봐주는 정도다. 알바를 하면 고모가 용돈을 챙겨 주는데, 제법 쏠쏠하다.

설거지를 하고 있는데 고모가 카페에 들어왔다. 고모는 친구도 많고 친척도 많다. 인싸 중의 핵인싸다. 그래서인지 늘 사람들한테 불려 다녔다. 도움의 손길을 요청하는 사람을 거절할 줄을 몰랐다.

"황사도 심한데 좀 일찍 닫을까?"

나도 모르게 고모의 얼굴을 살폈다. 약간 피곤해 보였지만 표정이 나쁘지는 않았다. 나한테 말할 수 없는, 안 좋은 일이라도 생긴 건가. 손님과의 약속이라며 카페를 열고 닫는 시간을 철석같이 지키는 고모였다. 그런 고모가 무슨 일 때문인지 카페 문을 일찍 닫자고 한다.

"배고프네. 우동 먹으러 가자."

마침 나도 배가 고픈 참이었다. 나는 고개를 가볍게 끄덕였고, 고모는 바로 마감을 준비했다. 손이 야무지고 바지런한 고모 덕분에 청소는 금방 끝났다.

우리는 '통로' 건너편에 있는 우동집으로 뛰어갔다. 포장마차 같기도 하고 이자카야 같기도 한 우동 가게는 늘 사람들로 붐볐다. 뜨거운 김이 폴폴 솟아오르는 우동 면을 젓가락으로 휘젓고 있으니 엄마 생각이 났다. 엄마는 우동을 참 좋아했다. 날씨가 조금이라도 쌀쌀해지면 엄마는 이 말을 입에 달고 살았다.

"아, 우동 먹고 싶다."

그 일이 있었던 해의 겨울은 유독 추웠다. 엄마가 가장 좋아한, 바삭하게 튀긴 새우를 올린 우동을 먹으며 아빠와 나는 그 겨울을 견뎠다. 도저히 견딜 수 없을 것 같은 일들도 간신히 버텨 내면 시간과 함께 지나간다는 사실을 온몸으로 깨달은 때이기도 했다.

"네 아빠는 잘 지낸다니?"

"그런가 봐. 다음 주말에 온대."

고모도 나처럼 아빠 생각을 했나 보다. 말없이 우동 면발을 흡입하는 데 온 신경을 집중했다. 그런데도 아빠와 엄마 생각을 밀쳐 내는 데 실패했다.

그 겨울이 지나고 아빠는 지방을 전전했다. 일부러 힘든 곳에 자발적으로 지원을 하는 모양이었다. 아빠가 왜 그러는지 알 것 같기도 했다. 험지에 가서 힘들게 일을 하는 대가로 받는 돈이 많지 않다는 것도 잘 안다. 가끔은 한 살 한 살 나이를 먹는다는 게 참 성가시다. 알고 싶지 않은 것들까지 저절로 자꾸 알게 되니까.

그 겨울이 지나고 나는 아빠에게 내 이야기를 시시콜콜 하지 않게 되었다. 그 일이 있기 전에도 아빠와 친한 사이는 아니었다. 아빠는 아빠대로, 나는 나대로 각자의 역할을 대강 해치우는 척하느라 바빴다. 그러면서 나는 아빠에게 선언했다. 용돈을 받지 않겠다고. 최소한의 생활비만 줘도 충분하다고. 내 용돈은 내가 벌겠다고. 거기에 대해 아빠는 가타부타 말을 아꼈다. 학생이면 학생답게 공부를 해야 한다는 잔소리도 늘어놓지 않았다. 원래도 말이 없는 편인데, 말수가 더 줄었다. 아예 말을 잃어버린 건 아닌지 가끔 걱정이 되기도 했다.

어쨌든 나는 그렇게 내 용돈은 내가 벌어서 쓰게 되었다. 후회하지는 않았다. 다만 가끔 몸과 마음이 피로하긴 했다. 돈을 버는 일은 고되고 힘들었다. 돈을 쓰는 일은 참 쉽고 재미있는데, 버는 일은 짜증 나는 일투성이라니. 그럼에도 나는 내가 어른의 삶에 한발 다가간 것 같아 조금 기특했다.

고모 뒤편에 앉아 있는 작은 몸집의 아이가 눈에 들어왔다. 네

살일까? 아니면 다섯 살? 감이 잡히지 않았다. 아이는 엄마와 함께 우동집에 오는 게 익숙한 듯 제법 늠름한 자세로 앉아 빈 물컵과 수저통을 가지고 놀고 있었다. 내가 우동 한 그릇을 거의 다 비워 갈 즈음, 늠름한 자세로 앉아 있던 아이가 슬금슬금 일어나더니 내 앞으로 다가왔다.

"나 저거 먹을래, 저거."

아이의 목소리가 어찌나 큰지 깜짝 놀랐다. 아이가 들고 있는 젓가락을 흔들며 테이블 위에 놓인 옥수수 버터구이를 가리켰다.

"알았어, 엄마가 시켜 줄게. 사장님!"

아이 엄마는 아이의 코에 흐르는 콧물을 손가락으로 능숙하게 닦더니 아이의 손을 잡아 천천히 끌어당겼다. 그러거나 말거나 아이는 자연스럽게 내 맞은편 의자에 올라앉았다. 집요하게 옥수수만 바라보는 아이의 시선에, 그 순진하고 간절한 마음에 웃음이 나왔다.

"이거, 먹고 싶어?"

내 물음에 아이가 고개를 끄덕끄덕했다. 아이 앞으로 앞 접시를 놓고 옥수수를 한 숟가락 덜어 주었다.

"아직 뜨거우니까 후, 불어야 해."

"후~."

아이가 입술을 동그랗게 모아 후, 불더니 숟가락에 담긴 옥수수를 야무지게 받아먹었다. 아이의 뺨이 도토리를 머금은 다람

쥐처럼 금세 빵빵해졌다. 귀여웠다.

"죄송합니다."

아이 엄마가 연신 머리를 숙여 인사했다. 고개를 수그리고 우동을 먹던 고모가 시선을 들어 올렸다. 고모는 "어?" 하더니 아이 엄마 어깨를 살짝 내리쳤다.

"야, 이영우. 너도 여기 단골?"

아이 엄마는 고모와 아는 사이였다. 고모가 합석을 제안했고, 영우 아줌마는 잠깐 망설이다가 자리를 옮겼다. 마침 주문한 옥수수 버터구이가 나왔다. 영우 아줌마는 숟가락에 입을 갖다 대고 후후, 입김을 불어 옥수수를 식혔다. 식은 옥수수를 아이 입에 넣으며 자신도 같이 입을 헤, 벌렸다. 나는 그 모습을 힐끗 보다가 남은 우동 면발을 마저 흡입했다.

"많이 힘들지?"

순식간에 우동 한 그릇을 먹어 치운 고모가 영우 아줌마에게 불쑥 물었다.

"그렇지, 뭐."

"애 봐주는 사람은 있다고 했지?"

내가 주문한 계란찜이 나오자 아이의 눈이 다시 반짝였다.

"평일은 괜찮은데 주말은 사람 구하기가 힘드네."

"주말에도 출근해?"

"내가 야근을 못 하니까. 토요일까지 일해야 얼추 끝내거든."

아이는 계란찜을 달라고 칭얼댔다. 고모와 영우 아줌마의 대화를 듣다 보니 궁금증이 밀려들었다. 왜 주말에 아이를 돌봐 주는 사람이 필요하지? 아이 아빠는 어디에 있길래? 아, 이혼했나 보다. 요즘 이혼율이 35퍼센트라는 걸 퀴즈 풀다가 알게 됐다. 그것도 혼인 신고를 하지 않는 사람들은 제외된 수치라고 한다.

영우 아줌마는 계란찜을 입으로 불어 식히다가 나와 고모를 번갈아 바라봤다.

"저, 희선이 카페에서 일하는 분?"

영우 아줌마가 내게 물었다. 통로에도 몇 번 왔던 모양이다.

"어머, 내 정신 좀 봐. 우동 먹느라 서로 소개하는 것도 까먹었네."

고모는 손바닥으로 내 등을 쓰다듬으며 말했다.

"하나뿐인 내 조카 차지원. 요즘 카페 일을 도와주는데 잘해. 아주 야무져."

영우 아줌마가 아이에게 물을 먹인 뒤 우물쭈물 말을 꺼냈다.

"혹시 주말 알바 안 필요해요?"

"네?"

"아이를 굉장히 잘 보던데, 토요일에 아이 봐줄 사람이 필요해서요."

아이를 돌보는 일과 카페 일은 완전히 다르다. 내가 아이를 돌볼 수 있을까? 아직 중학생인데 이 일을 해도 될까? 어떤 말부터 꺼내야 할지 알 수 없어 망설이는 사이, 영우 아줌마는 아이를 잠시 내려다보더니 입술을 질끈 깨물었다.

"지금 받는 시급의 세 배 드릴게요!"

세 배? 이게 무슨 상황인가 싶어 어리둥절할 뿐이었다. 고모가 아이를 끙차, 안아서 허벅지에 올리며 상황을 조율했다.

"근데 영우야, 내 조카가 아직 중학생이야."

내 프라이버시를 지켜 주려는 듯 고모는 목소리를 한껏 낮췄다.

"물론 부모님 동의서를 받으면 불가능한 일은 아닌데, 베이비시터 일은 차원이 다르잖아. 자격증 같은 거 필요하고 그렇지 않아?"

"지금 내가 그런 거 따질 때가 아니라서."

지금 카페에서 받는 시급의 세 배를 벌 수 있다? 그럼 해야지. 무조건 해야지.

"저, 할게요."

고모의 눈이 휘둥그레졌고, 영우 아줌마의 얼굴에는 환한 미소가 어렸다.

"할 수 있겠어?"

고모가 물었고, 나는 고개를 주억거렸다.

"토요일 하루니까 할 수 있을 것 같아요."

어떻게든 할 수 있게 만들어야죠. 알바비를 받으면 할 수 있는 일이 무궁무진 늘어난다. 하윤이 같이 가자고 졸랐던 곳들도 갈 수 있다.

"그래, 카페 일도 처음에만 버벅댔지 금방 적응하더라."

아이는 다시 기분이 좋아졌는지 "빠쇼빠쇼."를 외치면서 숟가락으로 테이블을 탕탕 내리쳤다.

"현진아."

영우 아줌마는 아이의 행동을 부드럽게 저지하다가 자기 허벅지 위에 앉혔다. 그러더니 아이에게 귓속말을 했다. 내 귀에 들리지 않는 그 말이 무슨 말일까, 상상하는 동안 아이는 귀가 간지러운지 손으로 귀를 마구 긁어 대다가 까르르 웃었다. 영우 아줌마는 아이를 사랑이 가득한 눈길로 쳐다봤다.

"이름이 현진이구나. 반가워."

나는 아이 쪽으로 고개를 수그리며 말했다.

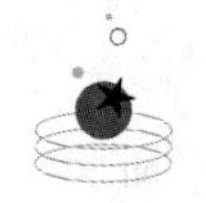

연애 상담

소문은 조용히 퍼져 나갔다. 또래 상담소 마이가 연애 상담을 잘한대. 그래? 근데 걔들 중에 연애 경험 있는 애 없지 않아? 하여튼 소문이 그렇던데? 원래 경험 없는 애들이 더 객관적으로 상담해 주잖아. 그런가? 그럼 나도 가 볼까?

하지만 아이들은 마이 상담소를 찾지 않았다. 자기 고민을 잘 알지도 못하는 애들에게 선뜻 꺼내기는 쉽지 않은 일이다. 어쩌면 마음속에 오래 담아 둔 고민을 입 밖으로 꺼내는 일 자체를 어색해하는 걸 수도 있다.

다만 상담을 원하는 강렬한 마음이 SNS를 타고 가끔 상담소로 도착했다. 연애를 책으로 배운, 연애 경험이 전무한 나 차지원과 연애 자체에 관심이 없는 홍하윤과 연애를 잘 아는지 모르는지 알 수 없는, 아직은 비밀에 싸여 있는 효미와 예린은 성심성의껏 연애 상담을 해 주었다. 우리로서는 고객의 만족도를 짐작조차 할 수 없었다.

[상담 사례 1]

- 분명 그린 라이트라고 생각했는데 연락이 없네. 내가 먼저 연락을 해야 할까?

예린이 대답했다.

- 네가 아주 많이 좋아하는 상태?

- 그걸 잘 모르겠음.

- 그렇다면 무조건 기다려. 상대가 진짜 좋아하는 거면 무조건 다시 연락 올 거임.

[상담 사례 2]

- 아무래도 난 애정 결핍이 있는 거 같은데 연애해도 될까?

내가 대답했다.

- 음, 애정 결핍 아닌 사람 별로 없을걸? 연애를 하면서 상대도 사랑하고 나도 사랑해 봐. 그럼 애정 결핍이 좀 나아질지 누가 아남?

[상담 사례 3]

- 모태 솔로임. 이렇게 평생 연애 못 하면 어쩔?

하윤이 대답했다.

- 아직 우리에겐 시간 많음. 나도 아직 모태 솔로임.

우리 또한 모태 솔로라는 사실 때문에 마음이 짠했는지 그 애는 아무런 대꾸가 없었다.

[상담 사례 4]

- 알고 보니 남친이 양다리였음. 분해서 자다가도 벌떡벌떡 일어남.

- 그래서? 복수하고 싶은 거?

- 응, 응. 복수 방법 알려 주.

효미가 대답했다.

- 내가 생각하는 최고의 복수는 네가 행복하게 사는 거임. 더 멋진 사람과 확 연애해 버려.

마침 봄이었다. 봄의 기운을 담고 맹렬하게 핀 봄꽃 사이로 꽃가루가 분분히 날리는 오후였다. 점심을 먹고 나른해진 시간. 비전 방에 나, 하윤, 예린이 나란히 앉았다. 예린은 거울을 보며 빗질을 했고, 하윤은 오늘도 간식 통을 아작 내고 있었으며, 나는 가만히 앉아 멍을 때렸다.

"우리, 앞으로도 쭉 연애 상담만 하는 건가?"

하윤이 버터링 한 봉지를 순식간에 먹어 치우고는 다소 진지하게 물었다.

"글쎄다."

내가 생각해도 성의 없는 대답을 해 놓고는 아차 싶었지만, 내뱉은 말을 주워 담을 수는 없었다.

"난 좀 이해가 안 된다. 왜들 그렇게 연애, 연애 타령인지."

하윤이 심드렁하게 덧붙였다.

예린이 거울을 들고 있던 손을 내리며 새초롬하게 하윤을 바라보았다.

"설마, 너 마음이 찌르르해 본 적이 없어?"

"찌르르?"

"짝사랑도 해 본 적 없냐고?"

그 말에 하윤 바로 옆에 앉은 짝사랑 전문가는 괜히 속으로 뜨끔했다. 그런 나와 달리 하윤은 다음 과자 봉지를 야무지게 뜯으며 꽤 차분한 목소리로 대답했다.

"아직 없는 듯."

"헐, 미쳤네."

나는 제삼자로 남고 싶었다. 두 사람의 대화에 끼고 싶지 않다는 뜻이다. 그러면서 동시에 예린의 반응이 지금 이 상황에 맞는 건지 의문이 들기는 했다.

"우리 또래 남자애들은 시시해."

"연예인은? 아이돌은?"

"너무 멀리 있고."

"선생님들은?"

하윤이 대답을 하기 전 나를 잠깐 보는 게 느껴졌다. 나는 무슨 말을 하려고 저렇게 뜸을 들이나 싶어 하윤을 게슴츠레한 눈빛으로 주시했다.

"꼰대 같아서 별로."

꼰대라니! 나는 하윤을 홱 쏘아보았다. 국어 샘처럼 아이들과 거리낌 없이 대화하고 상냥하고 배려심 넘치는 사람을 꼰대라고 하다니. 분노가 솟구쳤다.

"그럼 너, 여자를……."

하윤이 무심한 얼굴로 과자를 입에 넣으며 고개를 저었다.

"그건 아니고."

예린은 콤팩트를 탁, 소리 나게 덮으며 중대한 결론을 내렸다.

"결핍이 없는 거야."

예린은 자리에서 일어나 비전 방을 누볐다. 제품 발표회 날 프레젠테이션을 하는 스티브 잡스처럼 정신없이 방 안을 오가며 방금까지 머리를 곱게 빗던 빗으로 허공에 그림을 그렸다.

"결핍과 외로움이 있어야 사랑을 하는 거라고."

그 순간 "그렇다면 너의 결핍과 외로움은 대체 뭔데?"라고 묻고 싶었으나 참았다. 자기 말과 행동에 심하게 도취해 있는 듯한 예린을 방해하고 싶지도 않았고, 물어본다고 쉽게 대답해 줄 것 같지도 않았다.

"뭐, 그럴지도. 하여튼 난 연애 상담에서 좀 빼 줘라."

"그건 안 되지."

휴, 또 나왔다. 원리 원칙을 따지는 완벽주의자 이예린의 공격 본능은 시간과 공간을 따지지 않고 순간순간 뾰족하게 튀어나왔다. 예린은 눈썹을 한껏 치켜올린 채 팔짱을 꼈다.

"내가 효미랑 새로운 홍보물도 만들게."

하윤답지 않게 애처로운 눈빛까지 발사하는데도 예린은 굳게 낀 팔짱을 풀 생각이 없어 보였다.

"하윤이 몫까지 내가 상담하면 어때?"

내 말에 예린이 한발 물러설 거라고 생각했는데, 아니었다. 내 예상을 깨고 예린은 아까보다 더 씩씩거렸다. 시뻘게진 얼굴이 한층 도드라졌다.

"참나, 친구 없는 사람은 서러워서 살겠냐고."

그 말을 남기고 예린은 비전 방을 홱 나가 버렸다. 남겨진 하윤과 나는 물음표가 가득 담긴 눈빛을 마주쳤다. 친구 없는 사람? 예린의 말이 미처 소화되지 않았다. 언제나 자신감 넘치고 당당한 예린이었다. 그런데 왜 저런 말을 하는 걸까. 혹시 친구에 대한 기준이 높은데 그 기준을 통과한 사람이 한 명도 없다는 뜻일까?

하윤과 이야기를 좀 더 나누고 싶은 마음이 반, 이야기를 해봤자 예린의 뒷담화가 될 것 같아 망설여지는 마음이 반이었다. 때마침 점심시간이 끝났음을 알리는 종소리가 울렸다. 우리는 찜찜한 기분으로 자리에서 일어났다.

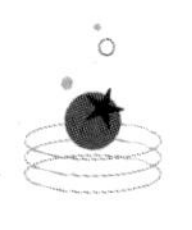

너나 잘하세요

그나마 온라인상으로 부지런히 이루어졌던 연애 상담마저 끊겼다. 중간고사라는 거대한 벽 때문이었다. 새로운 방향으로 홍보를 하겠다는 하윤과 효미의 포부도 일단 시험 앞에서 연기되었다. 성적이 좋은 하윤과 예린은 물론이고, 공부에 관심이 많지 않은 나머지 부원들도 일단 시험 준비에 박차를 가했다. 중3 1학기 성적이 중요하다는 사실을 모르는 사람은 없었다.

그러다 5월 어느 날, 시험이 끝나고 기어이 사건이 하나 터졌다. 이름하여 '너나 잘하세요' 사건.

시험 후 잔뜩 조였던 긴장이 풀린 여파로 하윤과 나는 실없이 매점과 상담실을 쏘다녔다. 뇌를 파먹혀 어디로 향하는지 모르는 좀비들 같았다. 우리와 마찬가지로 학교를 둥둥 떠다니다가 동아리실에 정착한 마술 동아리 애들 때문에 아지트를 빼앗겼다. 하는 수 없이 우리는 수업 이외의 시간을 학교 상담실인 위클래스에 머물렀다.

그날따라 상담을 받고자 하는 친구가 몇 명 있었다. 중간고사가 끝난 데다, 5월이라는 계절의 영향도 있어 보였다. 시험의 긴장이 풀린 시기, 하필이면 날씨는 따뜻하고, 아름다운 꽃들의 향긋한 내음이 천지를 뒤흔든다. 그동안 미뤄 둔 마음속의 문제들이 아웅다웅 시끄럽게 올라온다. 그런데 나를 잘 아는 사람에게는 말하고 싶지 않다. 사람 마음이 참 신기해서 나를 잘 알지 못하는 누군가에게 마음을 훤히 내보이는 게 더 쉬울 때가 있다.

하여튼 상담 선생님은 무척 바빠 보였다. 선생님은 참다 참다 마이 상담소에 도움의 손길을 요청했다. 고민 내용의 카테고리를 체크하게 한 뒤, 아주 심각한 경우가 아니면 마이 상담소에서 해결하게 했다.

과연 우리가 잘해 낼 수 있을까?

그토록 오프라인 상담을 기다렸건만 막상 상담자를 마주하고 응대해야 한다고 생각하자 걱정과 불안과 의심이 스멀스멀 올라왔다. 마음의 준비를 미처 하지 못한 우리 앞에 한 친구가 얼쩡거리다가 마지못한 얼굴로 다가왔다. 이름표를 힐끗 보니 우리와 같은 학년이었다.

"상담하고 싶니?"

하윤이 밝게 묻자 그 애가 고개를 끄덕였다.

"앉아. 우리도 상담 교육 기초 과정은 이수했어."

친절함이 묻어 있는 목소리로 하윤이 말했다. 그 애는 의심이 가득한 눈빛으로 하윤과 나를 번갈아 보다가 작게 한숨을 내쉬었다.

"몇 반인지 말해야 하나?"

하윤이 그럴 필요 없다고 대답하는 사이, 나는 다이어리를 꺼내 펼쳤다. 상담의 기본은 경청이고, 그러려면 메모를 하는 게 좋다는 말이 떠올랐다.

"박서연이야."

나는 이름표로 이미 알고 있던 그 애의 이름을 빈 종이에 적었다. 웬일인지 아까보다 심장이 빠른 속도로 뛰었다. 서연의 입에서 솔직한 고민이 나오긴 할지, 과연 무슨 말이 나올지 상상이 잘 안 됐다.

"준비되면 편하게 말해 줘."

하윤의 편하고 밝은 성격이 서연의 의심과 긴장을 풀어 주고 있었다. 서연은 한결 편안해진 얼굴로 입을 열었다.

"나한테 공격적인 말을 퍼붓는 사람 때문에 힘들어."

그 말을 듣는 순간 신기한 일이 일어났다. 그 애가 고민을 이야기했고, 그 고민이 내게는 퀴즈처럼 다가왔다. 그 문제를 풀려면 어떤 방법이 가장 좋은지 뇌가 순식간에 검토했다. 머릿속 회로가 파바박 놀라운 속도로 움직였다. 그러고는 무슨 말을 어떤 순서로 해야 하는지 명확하게 떠오르면서 지금 상황에 가장 필요한 문장이 직감적으로 다가와 반짝였다.

"그 사람이 누군지 물어봐도 될까?"

내가 기습적으로 물었고, 서연은 잠깐 망설이다가 대답했다.

"학원 선생님."

"무슨 과목?"

"수학. 그게 중요해?"

"아니, 안 중요해."

희한했다. 서연이 말을 꺼낼 때마다 내 입은 무슨 질문을 던져야 하는지 곧바로 알아차렸다. 뇌가 번개보다 빠른 속도로 움직이는 기분이었다.

"중요한 건 따로 있어. 너, 그 선생님 존경해?"

서연이 고개를 절레절레 저었다.

"좋아하긴 해?"

"아니, 별로."

"그럼 신경 쓰지 마."

더 놀라운 것은 내 성대에서 흘러나오는 단호한 목소리였다. 나는 무슨 말을 하든 이렇게 단호하고도 확실한 어조로 말하는 사람이 아니었다. 분명 그랬는데 그날은 달랐다. 내 목소리는 말을 하면 할수록 단단해지고 차분해졌다.

"네가 좋아하지도, 존경하지도 않는 사람이 떠드는 말인데 굳이 영향받을 필요 있을까? 그냥 개무시하는 게 나을 것 같아서."

하윤이 내 얼굴을 빤히 들여다봤다. 내 입에서 흘러나오는 단단한 목소리에 하윤도 당황한 듯했다.

"그런가?"

서연이 신중히 되물었다. 나는 확신에 차서 고개를 크게 끄덕였다.

"네가 진짜로 좋아하는 사람이 너한테 비판적인 말을 하면 귀담아듣고 생각을 해 봐야겠지. 그렇지만 그 사람을 좋아하지도 않는다며?"

이번에는 서연이 고개를 끄덕였다. 그 애 얼굴에 어떤 후련함 같은 것이 스쳐 지나갔다. 단순히 내 느낌에 불과할 수도 있지만.

"앞으로 그 사람이 무슨 말을 하든 이렇게 생각해 버려. 너나 잘하세요."

내 마지막 말을 듣고 하윤이 깔깔 웃기 시작했다. 그 모습을 물끄러미 건너다보던 서연도 환하게 미소를 지었다. 자리에 앉기 전까지 어둡고 칙칙했던 얼굴이 순식간에 빛을 받은 꽃잎처럼 밝게 피어났다.

"고마워."

서연은 그 말을 남기고 떠났다. 마침 점심시간이 끝나는 수업 준비종이 울렸다. 떠들썩하게 위클래스를 채웠던 애들이 하나둘 빠져나갔다. 하윤은 의자를 제자리에 놓다가 갑자기 몸을 휙 돌려세우며 나를 고혹적으로 바라봤다.

"너나 잘하세요."

눈을 게슴츠레하게 뜨고 있는 꼴이 눈 뜨고 못 봐 줄 지경이었다. 뭐라고 한마디 날리고 싶었지만 여유가 없었다. 삼 분 안에 교실로 달려가야 했다.

"와, 차지원. 오늘 존멋!"

하윤이 이름 붙인 '너나 잘하세요' 사건은 소문내기를 좋아하는 효미 덕분에 빠른 속도로 일파만파 번져 나갔다.

잔잔한 호수의 표면 아래에 기이한 괴생물체가 조용히 몸을 웅크리고 있는 장면을 떠올려 본다. 처음에는 고요하고 평온하다. 마이 상담소를 향한 애들의 지지도가 살짝 달라진 정도였으니까. 그러다 괴생명체가 엄청난 몸부림을 치며 호수 위로 자기 모습을 드러내기 시작하면서 모든 것이 달라진다. 일파만파, 작은 파도가 연이어 뭉쳐지며 커다란 파도가 되고, 물의 흐름은 급물살을 타게 된다.

차 무당

소문의 파급 효과는 엄청났다. 효미와 서연의 합작품이었다. 박서연이 이토록 마당발인 줄 그 누구도 몰랐다. 서연이 상담을 받은 이야기를 친한 친구들에게 이야기했고, 그 여파로 아이들에게 새로운 사실이 입력되었다.

상담을 받으려면 또래 상담소 마이 상담소로!

그사이 나에게도 변화가 일어나고 있었다. 상담을 받기 전 어두웠던 서연의 얼굴이 점점 편안해지다가 환하게 피어나는 꽃처럼 달라지던 모습이 뇌리에서 잊히지 않았다. 시시각각 달라졌던 서연의 표정이 내가 던진 말 덕분이라는 사실이 생각할수록 믿기지 않고 놀라웠다. 퀴즈를 내 힘으로 풀 때처럼 엄청난 쾌감을 느꼈다.

상담을 할 때 내 안에서 일어난 일을 또렷이 기억한다. 내 안에 숨어 있던 '직감'이 꿈틀거리며 활동하는 느낌. 퀴즈를 풀 때보다 더 빠르게 뇌가 움직이고 반응하는 느낌. 한 번 더 느끼고 경험해 보고 싶었다. 그러면 왜 이런 반응이 나에게 일어나는지 이유가 분명해질 것 같았다.

더불어 이 일을 더 잘해 내고 싶다는 욕구가 불끈 솟구쳤다. 이야기를 털어놓는 상대방의 말을 마음을 다해 진심으로 들어주는 경청은 당연한 거니까 패스. 이거 말고 또 어떤 것을 훈련해야 좋은 상담을 할 수 있는지 검색해 보고 공부했다.

오은영 선생님의 〈금쪽 상담소〉를 정주행했고, 상담의 기초에 관한 유튜브 영상을 틈틈이 검색했고, 심리학자나 정신의학과 의사들이 낸 책을 빌려 봤다. 청소년 고민 상담을 키워드로 내세운 책들도 훑어봤다. 생각보다 쉽고 재미있는 책이 많이 나와 있어 좋았다.

똑똑.

노크 소리가 들렸다. 누구지? 이 방의 진짜 주인인 마술 동아리 비전 부원은 아니었다. 마이 상담소의 귀염둥이 효미나 까칠한 게 매력인 예린도 아니었다. 그 애들이라면 노크를 하지 않고 문을 열 테니까.

"문 열렸어요."

하윤이 노크 소리에 정중히 대답했다. 문이 조금씩 열리며 모습을 드러낸 사람은 낯선 얼굴이었다. 누구지?

"저기……."

그 애는 수줍게 인사를 건넸다. 굉장히 마른 얼굴이었는데, 차분하게 가라앉은 머릿결이 얼굴형과 잘 어울렸다.

"마술부 애들 찾니?"

하윤이 묻자 그 애는 고개를 천천히 가로저었다.

"아니, 차지원 찾는데."

"나?"

내 손가락 끝이 나를 가리켰고, 그 애는 혀로 아랫입술을 살짝 적신 뒤 물었다.

"애들이 여기 있을 거라고 하더라고. 잠깐 시간 있어?"

나는 바보처럼 고개를 가볍게 끄덕거렸다.

"들어와."

하윤이 건넨 손짓에 이끌리듯 그 애는 천천히 안으로 들어왔다. 하윤은 테이블에 어수선하게 흩어져 있던 과자 봉지를 정리했다. 그 애는 하윤과 내가 앉아 있는 소파 맞은편 의자에 잠자코 앉았다.

"서연이 추천으로 왔어."

서연이 이름을 듣자 하윤은 무슨 일인지 파악했다는 듯 미소를 머금었다. 나는 입술을 쫑긋 모으며 '너나 잘하세요' 사건의 파장을 잠깐 생각했다. 뜻하지 않게 소문은 몸집을 불리고, 과장과 거짓을 한 방울씩 섞어 가며 무서운 기세로 번져 나가고 있었다.

연애 상담이 온라인으로 이루어질 때는 반응이 느렸던 반면 이 소문은 실제로 경험한 사람이 있었고, 그 사람이 하필이면 끝내주는 마당발이었다. 그러다 보니 소문이 퍼지는 속도와 힘이 대단했다.

"고민 상담하려는 거지?"

내 물음에 그 애가 고개를 주억거렸다.

"이름 물어봐도 될까?"

"가은."

나는 주머니에서 휴대폰을 꺼내 메모장을 열었다. 다이어리를 교실에 놓고 왔다.

"준비되면 말해."

하윤은 어디에서 찾은 건지 생수병을 하나 가져와 그 애 앞에 내밀었다.

"저기……."

그 애는 한참 뜸을 들였고, 나는 차분히 기다렸다. 기다리는 일은 지루했다. 나는 인내심이 부족한 편이다. 하지만 자기 이야기를 털어놓을 때까지 차분히 기다려 주는 일은 상담에서 가장 중요한 일 중 하나이다. 상담 경험이 쌓이다 보면 기다리는 일이 좀 쉬워지고 인내심이 커지는 순간이 올지도 모른다. 아직은 기다리는 일에 소질이 없으니 자꾸만 쓸데없는 생각이 불쑥불쑥 떠올랐다. 그 애가 고민을 털어놓기 전에 수업 시작종이 울리면 어쩌나 하는, 그런 잡생각이 잠깐 스쳐 지나갔다.

가은이 드디어 입을 열었다.

"너무 작고 사소한 거라 상담 샘한테 말하기도 뭣하고, 마음을 터놓을 정도로 친한 친구가 없어서."

하윤은 손등으로 안경을 한번 추어올리더니 아주 다정한 목소리로 대꾸했다.

"우리가 딱이네. 잘 알지 못하는 사람한테 털어놓는 게 더 나을 때도 있잖아."

하윤이 던진 말에 대해 잠깐 생각해 봤다. 고민의 종류에 따라 고민을 털어놓을 수 있는 상대방이 달라지는 게 맞는 걸까. 잘 모르는 사람한테 털어놓기 좋은 고민은 뭐고, 가까운 사람에게만 털어놓을 수 있는 고민은 또 뭘까.

"내 성격 때문에 너무 힘들어."

나는 시선을 들어 가은과 눈을 맞췄다.

"엄청나게 예민하고 스트레스도 진짜 잘 받거든. 다른 사람들은 느끼지 못하거나 별일 아니라고 생각하는 것도 잘 넘어가지 못해."

하윤이 미간을 일그러뜨리며 짠한 표정으로 그 애를 바라보는 사이, 나는 조금씩 냉정해졌다.

"힘들겠다."

하윤의 말에 가은은 고개를 푹 수그렸다. 나는 그 애한테 가장 도움이 될 수 있는 이야기를 해 주고 싶었다. 그 말이 다소 아프고 차갑게 느껴지더라도 말이다.

"받아들이는 수밖에 없어."

오늘도 빛보다 빠르게 뇌 속 회로가 움직였다. 어떤 말을 꺼내야 하는지 이미 판단이 끝난 상태에서 말의 문장이 입안에 미리 머무르는 느낌마저 들었다.

"사람 성격이라는 게 노력한다고 바뀌는 게 아니라서."

이번에도 내 목소리는 많이 단호했다. 진짜 이상한 일이다.

"그래도……."

나는 휴대폰을 내려놓은 뒤 다시 가은의 눈동자를 응시했다.

"근데 예민하기 때문에 남들보다 잘하는 것도 있을 거야. 그렇지 않아?"

아까보다 한결 누그러진 내 말투 때문인지 가은은 얼른 고개를 주억거렸다.

"어떤 걸 잘하는지 물어봐도 될까?"

가은은 잠시 머뭇거렸다.

"어떤 아이돌이 뜰지, 안 뜰지 기가 막히게 예측해."

가은의 얼굴에 온기가 돌았다.

"그리고 요리를 좀 해. 엄마 옷도 내가 골라 줘. 엄마는 나보고 안목이 남다르다고 자주 말해."

나는 진심을 담아 미소를 지었다.

"잘하는 거 많네! 완전 부럽다."

나는 빠르게 덧붙였다.

"앞으로도 이 성격 때문에 내가 잘하는 게 많구나, 그렇게 생각해 버려."

잠시 생각을 정리하는지 가은은 묵묵히 앉아 있다가 자리에서 일어났다.

"노력해 볼게. 이야기 들어 줘서 고마워."

가은이 서둘러 방을 빠져나가려다가 갑자기 몸을 휙 돌렸다.

"실은 아무 기대 없이 온 거였어. 서연이가 워낙 호들갑을 잘 떠는 성격이라 안 믿었거든. 근데 오길 잘한 것 같아. 고민이 완전히 해결된 건 아니지만 뭔가 좀 명쾌해진 기분이야."

순간 머릿속에 또 하나의 문장이 떠올랐다. 나는 그 애한테 마지막 당부를 남겼다.

"운동을 해 봐. 체력을 기르면 스트레스를 감당하기가 한결 편해진대."

가은은 묵직하게 고개를 한번 끄덕이고는 아지트를 빠져나갔다. 시간을 확인했다. 곧 수업 시작종이 울릴 시각이었다. 비전동아리실 문을 닫고 하윤과 나란히 복도를 걸었다.

"차지원, 너 그거 같았어."

하윤이 교실 뒷문 앞에서 우뚝 멈춰 섰다.

"그거?"

"뭐더라? 아, 그래, 그거. 무당."

무당? 이런, 또 별명 하나 생기겠네.

"차 무당. 오, 입에 착착 붙어."

어째서 슬픈 예감은 틀린 적이 없는지. 헤벌쭉 웃는 하윤이 잠깐 얄미웠지만 야릇한 체념 상태가 되었다.

나에게는 이미 여러 개의 별명이 있었다. 알바의 여왕, 왕짠순이, 애늙은이, 멘털리스트, 통로 매니저……. 원래 별명이란 것이 그렇지 않나. 애초에 별명의 주인은 내가 아니다. 주변 사람들이 자기들 마음대로 지어서 부르고 놀려 대기 위한 거지.

대부분의 사람은 남들이 부르는 자기 별명을 딱히 좋아하지 않을 거다. 나 또한 내 별명들이 별로 마음에 들지 않는다. 하지만 어쩌겠나. 이미 별명 부자인 내게 또 하나의 별명이 덧대어진다고 달라질 게 무엇이랴.

사물함에서 교과서를 후다닥 꺼낸 하윤이 내 쪽으로 황급히 다가왔다.

"차 무당, 우리 복채 같은 거 받을래?"

"복채?"

"복채 몰라? 점집 가면 사람들 돈 내잖아."

나는 창가 쪽에 자리한 지정 자리로 하윤을 힘껏 밀어내며 말했다.

"5교시 담임이야. 긴장 좀 타자, 응?"

"함 생각해 봐. 이걸로 대박 나면 너 알바 줄여도 되잖아."

나는 입을 자물쇠로 잠그는 시늉을 하면서 하윤을 기어이 자기 자리에 앉혔다. 그러자 교실 앞문이 열리며 담임 샘이 모습을 드러냈다. 나는 짧게 안도의 한숨을 쉬고는 교과서를 펼쳤다.

샘은 중간고사 꼬리표 이야기를 하며 잔소리 폭격을 시작했다. 아직 한참 남은 기말고사를 생각하며 긴장을 조이라는 말도 잊지 않았다. 샘의 말들은 귓가에 조금도 스며들지 못하고 튕겨 나갔다. 그야말로 마이동풍이었다. 내 머릿속에는 오늘 카페에서 반드시 해야 하는 일의 목록 따위가 나풀거렸다.

샘은 오늘 진도를 나가는 부분부터 기말고사에 포함될 거라고 엄포를 놓으며 엄청난 속도로 진도를 뺐다. 무슨 말을 하는지 따라가기 힘들 정도였다. 이러다가 중간고사처럼 기말고사도 망치겠군. 또다시 밀려드는 슬픈 예감 때문에 엄청나게 피곤했지만, 책상에 엎어질 수는 없었다. 담임 수업이니까. 두 손으로 간신히 머리를 받쳐 든 채 나는 자신과의 사투를 벌였다.

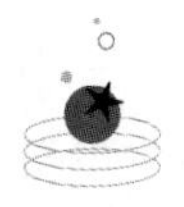

사랑하는 사람

알람이 울렸다. 46+17=? 머리를 굴려 계산 결과를 넣어야 알람이 꺼지는 앱을 깔았다. 아무리 단기 알바라고 해도 약속 시간을 어기면 안 될 테니까. 63! 결과를 넣자 그제야 알람 소리가 사라졌다. 겨우 일어나 세수만 하고 옷을 갈아입었다. 시각을 확인한 뒤 재게 걸음을 놀렸다.

하품이 절로 나왔다. 보통 주말에는 늘어지게 늦잠을 자곤 했는데 그마저도 안녕이다. 유일하게 누린 호사를 내 발로 걷어찬 것 같아 기분이 묘했다. 하지만 시급 세 배 알바를 무슨 수로 거절하겠는가.

알바를 시작하기도 전에 알바비 생각을 먼저 하고 있네. 그 알바비로 하고 싶은 일까지 일사천리다. 하윤이랑 영화도 보러 가야 하고, 마라탕도 먹어야 하고, 상담의 날 행사 때 국어 샘에게 줄 선물도 사야 한다.

버스 정류장에서 현진이네 집은 그리 멀지 않았다. 벨을 누르니 영우 아줌마와 현진이가 함께 튀어나왔다. 앙증맞은 어린이집 가방을 메고 머리에 꼭 맞는 모자를 쓴 현진이가 고개를 올려 나를 봤다.

"인사해야지."

영우 아줌마 말에 현진이는 두 손을 공손하게 배꼽에 올리며 인사했다.

"오늘 현진이 어린이집 가는 거 아니죠?"

"주말마다 이래요. 어린이집 가고 싶다고 자기 딴에 시위를 하는 거죠."

어린이집에 가고 싶어 주말마다 옷을 입고 양말을 신고 가방을 메는 꼬마 현진이가 물었다.

"엄마, 늦게 와?"

"일찍 와 볼게."

영우 아줌마는 보라색 뿔테 안경을 스윽 올리더니 바닥에 무릎을 꿇고 현진이와 눈높이를 맞췄다.

"나, 배 아야 하면?"

"그럼 누나한테 꼭 말해. **엄마가 언제든 휘잉 달려올게.**"

영우 아줌마는 그렇게 말하고 현진이의 정수리에 입술을 갖다 댔다.

엘리베이터 문이 닫히기 직전까지 영우 아줌마는 손을 흔들었지만, 현진이는 엄마가 인사를 하든지 말든지 관심이 없어 보였다. 이미 다른 곳에 정신이 팔렸다는 듯 내 얼굴과 내 가방을 빤히 올려다보느라 바빴다. 가방에 달린 방울토마토 모양 키링이 진자 운동을 하는 게 신기했는지 잡으려고 손을 뻗었다.

엘리베이터 문이 닫히자 그제야 아쉬운 눈길로 엄마가 사라진 곳을 바라봤다. 나는 현진이의 손을 잡은 채 현관으로 걸어가려 했다. 그런데 현진이가 꿈쩍도 하지 않았다. 슬며시 손을 끌어당기자 귀찮다는 듯 내 손을 홱 팽개쳤다.

"집에 들어가기 싫어?"

짧은 팔로 팔짱을 낀 채 묵묵부답. 이럴 땐 어떻게 해야 할까. 현진이 나이였던 내가 이렇게 심술을 부릴 때마다 엄마는 나를 어떻게 달래 주었을까.

"그럼 산책 잠깐 갔다 올까?"

나는 허리를 수그리며 물었다. 내 물음이 마음에 들었는지 그제야 현진이는 고개를 끄덕거렸다. 잽싸게 현관문을 닫고 오자 현진이는 까치발로 서며 꼬물거리는 손으로 엘리베이터 버튼을 누르려고 용을 쓰고 있었다. 두 손을 겨드랑이에 끼워 몸을 살짝 들어 올려 주자 조막만 한 손으로 버튼을 꾹 눌렀다. 그러더니 엘리베이터를 기다리는 일이 지루한지 바닥에 발을 구르기 시작했다. 나는 무릎을 굽히고 현진이와 눈높이를 맞추었다.

"좀만 기다리자. 금방 올 거야."

그렇게 말하고 손을 내밀자 현진이는 머뭇거리지 않고 내 손을 꽉 그러쥐었다. 작은 손이 따뜻하고 몰랑했다.

현진이와 함께 동네를 산책했다. 마트를 하나 지났고, 떡을 파는 가게를 지났다. 작은 약국을 지나고, 탕후루를 파는 곳도 지났다. 공원 쪽으로 다가가자 처음 듣는 새 소리가 들렸다. 그 소리를 들었는지 현진이도 눈을 동그랗게 떴다. 한 가족이 우리 곁을 스쳐 지나갔다. 다정한 가족을 보자 엄마 생각이 났다.

엄마를 생각하면 마음의 바다에 격랑이 일어난다. 철썩철썩. 거침없이 밀려드는 파도의 높이만큼 그립고 아련하다.

여름 방학이었다. 날이 끝내주게 무더웠고, 나는 늦잠을 잤다. 거실로 나가 보니 엄마가 사과를 깎고 있었다. 엄마는 사과를 한 입 베어 물고는 아삭아삭 씹어 먹었다. 내가 다가가자 내 입에도 사과 한 조각을 밀어 넣었다.

거실 중앙에 검정 비닐봉지와 함께 못 보던 화분이 있었다. 나는 눈곱 낀 눈을 손등으로 비비며 화분이 있는 곳으로 다가갔다.

"이건 뭐야?"

"토마토."

토마토는커녕 콩도 열릴 것 같지 않게 허름한 화분이었다. 가느다란 줄기가 푸릇푸릇하지 않고, 이파리는 반 이상이 노랗게 말라 있었다.

"누가 버린 거 주워 왔어?"

"요 앞 떡집 아줌마가."

집 앞에서 떡집을 하는 아줌마와 엄마는 친하게 지냈다. 엄마는 누구와든 쉽게 말문을 열었고, 놀랍도록 빠르게 친해졌다.

"애가 너무 비실비실한데?"

"그런 애들이 더 오래 산다, 너."

엄마가 사과가 담긴 접시를 내 쪽으로 죽 내밀며 말했다. 아빠는 뭐든 잘 기르지 못했다. 화분을 자기가 사 와서는 물을 주는 걸 매번 까먹었다. 몇 개의 화분을 그렇게 내다 버릴 뻔했는데 엄마가 전부 살려 냈다.

아무래도 나는 엄마와 아빠 중 아빠를 더 닮은 것 같다. 그래서일까. 무언가를 살뜰히 챙기는 것이 몸에 배어 일상인 사람을 보면 그저 경이롭고 신기했다.

여름 방학이 끝나 갈 무렵, 무심코 거실을 지나쳐 나오는데 빨갛게 익은 토마토가 눈에 딱 보였다. 나는 화분이 있는 거실 끄트머리로 깡충깡충 뛰어갔다.

"엄마, 이거 봤어?"

토마토는커녕 콩도 열릴 수 없을 거라고 생각한 허름한 화분에 작은 토마토 세 개가 탐스럽게 익고 있었다. 내가 호들갑을 떨자 엄마는 뿌듯한 표정으로 대차게 대꾸했다.

"내가 뭐라 그랬어. 이런 애들이 더 잘 산다니까."

나는 무릎을 꿇은 채로 한참 동안 영롱한 빛깔을 자랑하는 열매를 들여다봤다. 매일 거르지 않고 물을 주기만 하면 뭐든 탐스러운 열매를 맺을 수 있는 거구나. 내가 거르지 않고 매일 자신에게 물을 주면 나도 무럭무럭 자라날 수 있을까.

엄마 말에 따르면 식물을 기를 때는 물을 '적당히' 줘야 한단다. 그런데 그 '적당히'가 대체 얼마큼일까. 물을 지나치게 주면 썩고, 물을 적게 주면 목이 마른다는데 대체 얼마만큼이 적정선일까. 나에게 딱 맞는 물을 주는 일이 애초에 가능하기는 할까.

"먹어 볼래?"

엄마가 내 곁에 스리슬쩍 다가와 물었다.

"아니."

무럭무럭 자랄 수 있다면, 과연 나는 어떤 모습의 어른이 되어 있을까. 내가 나 자신에게 떳떳하고 만족스러운 어른이 되려면 어떻게 살아야 할까. 어른이 된다는 것의 기준은 뭘까. 나이를 먹기만 하면 어른인 건가? 주민등록증이 나오면? 취직을 하면? 자기 자신을 오롯이 사랑할 수 있으면?

엄마와 아빠, 그리고 초등학생으로 보이는 아이까지 세 가족이 도란도란 이야기를 나누며 공원 안쪽을 향해 걸어갔다. 그 모습을 힐끗 보고 있으니 현진이가 나와 맞잡은 손을 팽팽하게 끌어당겼다. 내 시선은 다시 현진이 얼굴로 향했고, 현진이가 나를 잠깐 올려다봤다.

나는 얼굴 가득 미소를 지어 보였다. 현진이도 나를 따라 설핏 웃었다. 우리는 공원 외곽 길을 좀 더 걷다가 집으로 돌아갔다.

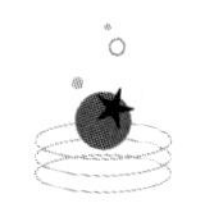

지금은 상담 중

문제 속에 답이 있다. 해결책이 없는 문제는 문제가 아니다. 그건 그저 상황일 뿐이다.

세스 고딘의 《더 프랙티스》에서 만난 문장이다. 작가는 이렇게 덧붙인다. 마음을 열고 문제를 새롭게 바라보면 생각지 못한 대안에서 답을 발견할 수 있다고. 불가능해 보이던 접근법으로 해결된 문제가 많다고.

위클래스의 주인장인 상담 샘에게 배운 내용을 복습해 본다. 그냥 경청과 공감적 경청은 다르다. 상대방의 말을 들을 때 말하는 사람의 표정을 그대로 따라 해 봐라. 그러면 내담자의 감정

상태를 더 잘 느낄 수 있다. 만약 표정을 따라 하는 게 어렵다면 긍정적인 표정이라도 지어라. 상담을 해 주는 사람이 밝은 표정을 짓는 것만으로도 공감 능력은 상당히 향상된다.

이 말을 듣고 다행이라고 생각했다. 내 곁에, 그리고 마이 상담소에 하윤이 있어서. 하윤은 기본적으로 웃는 얼굴이다. 아주 특별한 일이 있지 않는 한 늘 밝은 표정을 짓고 있다. 그런 하윤이 내 곁에 있기에 아이들은 다소 까칠한 내 말투에 덜 상처받는 건지도 모른다.

소문은 금방 뽀록났다. 마이 상담소가 연애 상담 전문이 아니라는 사실이 만천하에 드러났다. 동아리 부원 중 제대로 된 연애를 해 본 인간이 한 명밖에 없으니 언젠가 탄로 날 소문이었다.

대신 마이 상담소는 차 무당을 필두로 활발하게 활동을 이어나갔다. '무엇이든 물어보세요. 뭐든지 다 해결해 드립니다.' 같은 광고 문구를 동아리 방문에 써 붙이지 않았는데도 아이들은 소문을 듣고 야금야금 몰려들었다.

몇 주 동안 아이들의 이야기를 들었다. 모두 저마다 다양한 고민을 품고 있었다. 겹치는 것도 있었지만, 이색적인 것도 많았다. 나로서는 여태껏 한 번도 진지하게 생각해 본 적 없는 주제도 많았다.

[상담 사례 1]

"남이랑 자꾸 비교하게 돼. 남들에 비해 잘하는 게 하나도 없는 내가 싫어."

내가 대답했다.

"비교하는 사람보다 내가 잘하는 게 하나라도 있을 거야. 관심을 기울이고 잘 찾아봐. 정 비교하는 버릇을 못 버릴 것 같으면 남이랑 하지 말고 과거의 너와 해."

[상담 사례 2]

"내가 좋아하는 배우를 헐뜯는 친구 때문에 속상해."

내가 대답했다.

"그 친구 좀 별로다. 남의 취향을 존중할 줄 알아야지. 기분 상하는 게 당연해. 근데 그런 사람이 은근 많다는 게 문제지. 그 친구랑 절교할 마음이 없다면 이렇게 생각해 봐. 그 친구는 그 배우를 좋아하지 않는 거지, 널 좋아하지 않는 건 아니라고."

[상담 사례 3]

"남의 불행을 보고 감사함을 느낄 때가 많은데 이런 내가 좀 구린 것 같아. 안 그래?"

내가 대답했다.

"남의 불행을 통해 쾌감을 느끼는 건 아니잖아. 나보다 힘든 상황에 있는 사람을 보면서 나의 현재에 감사할 수 있고, 그렇게 힘든 상황에서도 꿋꿋하게 살아가는 사람을 보며 가끔 힘을 얻는다면 괜찮은 거 아닌가?"

[상담 사례 4]

"나는 아무것도 하고 싶지 않아. 밥 먹는 것도 귀찮아."

내가 대답했다.

"그럼 아무것도 하지 마."

그 애가 다시 말했다.

"세상이 날 내버려두질 않잖아. 아무것도 안 한다고 다들 뭐라고 한다고."

나도 다시 대답했다.

"최대한 버팅겨 봐."

"진짜로?"

"이러다 죽겠다, 싶으면 그만두고."

이 정신없는 와중에 효미와 예린은 여전히 옥신각신했다. 두 사람은 외나무다리에서 만난 원수처럼 마주칠 때마다 다투고 목소리를 높였다. 각자 한 발자국씩 물러서면 될 것 같은데 그럴 생각이 전혀 없어 보였다.

한번은 상담실 안에 마이 상담소 소개 책자를 어디에 둘지를 두고 격렬하게 부딪쳤다. 효미는 중앙에 놓인 가장 큰 테이블에 책자를 놓자고 했고, 예린은 그 테이블 주위로 사람이 많이 몰려드니 입구 쪽 책상에 놓아야 한다고 했다. 그럴 때마다 하윤이 중재자 노릇을 했다. 나는 상담을 하느라 바빴고, 싸움을 중재할 그릇도 못 됐다. 하윤이 일주일 동안 번갈아 가며 두자고 타협안을 제시했다. 그 덕에 한동안 으르렁거리던 두 사람의 갈등은 일단락되는 듯 보였다.

그러다 일이 터졌다. 효미가 원하는 대로 중앙 테이블에 책자를 놓은 지 나흘째 되는 날, 한 아이가 상담을 받다가 다급히 돌아가느라 책자를 밀어 버린 것이다. 책자가 바닥에 떨어져 나뒹굴었다. 하지만 그 아이는 자기가 뭘 떨어뜨렸는지 모른 채 상담실을 나가 버렸다. 효미는 처참히 바닥에 떨어진 책자를 보고는 금세 울상이 되었다.

예린이 가만히 있었다면 좋았을 텐데, 이미 붙은 불에 기름을 끼얹었다. 효미의 얼굴은 충분히 일그러져 있었고, 자기의 제안이 잘못되었음을 파악한 듯 보였다. 그런데도 예린은 공격 본능을 발휘했다. 효미의 생각이 얼마나 잘못되었는지를 조목조목 이야기하며 평소 쌓아 두었던 효미에 대한 불만을 와르르 쏟아 냈다. 심지어 효미의 귀여운 목소리까지 지적했다. 상담 샘과 하윤이 말리지 않았더라면 예린은 몇 번이나 반복해서 효미 앞담화를 할 기세였다.

방과 후 나는 상담실로 다시 갔다. 점심시간에 놓고 온 수학 문제집을 찾기 위해서였다. 상담실 문을 열자 끄트머리 책상에 효미가 앉아 있었다. 나는 조용히 효미 곁으로 다가가 옆에 놓인 의자에 앉았다. 내 기척을 느낀 효미가 내 쪽을 한번 돌아보더니 희미한 미소를 지었다.

"지원아."

효미가 내 이름을 불렀다.

"애들 상담해 주느라 바쁜 거 아는데 나도 너한테 상담 좀 받아도 될까?"

나는 조금도 머뭇거리지 않고 대답했다.

"그럼."

나는 가만히 기다렸다. 효미가 어떤 이야기를 꺼낼지 대강은 짐작할 수 있었지만, 함부로 예측하지 말자고 스스로를 다독였다. 백지상태에서 내담자를 마주한다. 내담자가 무슨 이야기를 하든 마음을 다해 들어 준다. 고개를 끄덕여 주고 눈을 맞춰 주고 공감을 표현한다.

"나는 사람이 곁에 없으면 외롭고 불안해. 그런데 사람들은 나를 별로 안 좋아하는 것 같아."

효미가 떨리는 목소리로 말했다. 그 뒤로 상담실 밖 복도로 아이들이 걸어가며 떠드는 시끌벅적한 소리가 끼어들었다. 나는 효미의 이야기가 덜 끝난 것 같아 좀 더 시간을 갖고 기다려 주었다. 효미는 지금 나를 바라보고 있지 않지만, 내 눈길이 자신에게 머물고 있다는 것을 알고 있는 듯했다.

“내 목소리는 어릴 때부터 이랬어. 내가 일부러 귀엽게 내는 게 아니거든. 근데 초등학교 때 목소리 때문에 왕따를 당한 적이 있어. 아기 목소리 내지 말라고, 꼴 보기 싫으니까 애교 떨지 말라고 그러더라고.”

사람의 마음은 유리 같다. 작은 상처에도 금방 금이 가 와장창 깨질 것만 같다. 시련을 통해, 마이 상담소 활동을 통해, 상담을 잘하기 위해 읽은 책과 영상을 통해 아주 조금은 사람의 마음이 어떤 건지 알 것 같다. 문득 의문이 든다. 인간관계학이나 소통학, 혹은 심리학이나 상담학 같은 건 왜 학과목에 포함되어 있지 않을까?

“사람을 좋아하니까 상처도 잘 받는 것 같아. 내가 누군가에게 미움받는다는 사실이 견딜 수 없이 고통스러워. 끔찍해.”

효미는 두 손을 모아 거기에 얼굴을 파묻었다. 울컥 올라오는 슬픔과 비참함을 어떻게든 견뎌 보려는 필사적인 몸부림처럼 보였다. 예린과 효미의 다툼을 한 사람의 잘못으로 몰아갈 수는 없을 것이다. 효미는 예린의 주장을 그대로 받아들이며 좋다고 한 적이 없었고, 예린은 효미가 실수하기만을 기다린 사람처럼 쏘아붙이기 바빴다.

내가 신도 아니고 재판관도 아니지만, 굳이 한 사람 편을 들자면 효미 쪽이 딱하기는 했다. 논리로 무장한 예린이 말싸움을 잘 하기도 했고, 언제나 더 공격적이기도 했다. 한마디로 예린은 세상의 모든 불평불만을 수집하는 사람 같았다. 사소한 것 하나도 지나치는 법이 없었다. 완벽주의자 기질이 철철 흘러넘쳐 자신에게도 남에게도 엄격했다.

"누구나 다 미움을 받으면서 살아가는 것 같아. 여기 와서 나한테 상담받은 애 중에서도 내 뒷담화하는 애들 꽤 될걸?"

내가 말하는 동안 효미는 조금씩 고개를 들어 올렸다.

"모든 사람이 다 나를 사랑하는 건 어차피 불가능한 듯."

두 사람의 싸움을 조금이라도 관찰해 본 사람이라면 마음이 예린보다는 효미 쪽에 기울지 않을까. 상대의 실수와 약점을 낱낱이 이야기하는 예린 때문에 서운해하는 효미가 충분히 이해되었다.

"생각을 바꿔 보는 건 어때? 나를 별로 안 좋아하는 애들 말고 나를 좋아하는 애들한테만 집중하는 거지."

효미가 고개를 돌려 나를 바라보았다.

"나를 좋아하는 애가 있을까?"

이럴 때 낙천의 여왕 하윤이 있으면 참 좋을 텐데. 효미에게 함박웃음과 함께 음하하, 하는 시그니처 웃음소리를 날려 줬을 텐데.

"나 있잖아. 하윤이도 있고."

하윤 대신 내가 입꼬리를 한껏 올리려 애썼다. 내 안에 남아 있는 긍정의 기운을 모두 모아 최대한 밝게 웃으려고 노력했다.

"그렇게 말해 주니까 고맙네."

나처럼 남은 미소를 모두 짜내려고 애쓰는 효미를 보는데 불현듯 책에서 읽은 문장 하나가 떠올랐다. 사람을 불행하게 하는 요인 중 가장 근본적인 것이 타인으로부터 사랑받고 인정받고 싶어 하는 욕망이라는 문장.

"근데 너, 진짜 상담 잘한다. 나중에 상담 전공해도 되겠어."

"그래? 진짜 그래 버릴까? 어차피 하고 싶은 것도 없걸랑."

푼수기 넘치는 고모 말투를 흉내 내 봤다. 누구를 흉내 낸 건지도 모르면서 효미는 배시시 웃었다.

"수준 높은 상담을 받았으니, 담에 내가 떡볶이 쏜다!"

효미가 손가락으로 총을 만들며 윙크했고, 나는 그 모습이 퍽 귀엽다고 생각했다.

"오케이!"

나는 효미를 가만히 들여다봤다. 피부가 참으로 하얗고 아름다웠다. 피부 관리하는 비법이 따로 있는 걸까? 다음에 물어봐야겠다. 목소리뿐만 아니라 행동도 귀여운 효미. 자신의 모습 그대로 사람들에게 사랑받고 싶은 효미. 가득가득 사랑받고 싶은 마음을 달랠 길이 없어 그림을 그리는 효미. 자신이 그린 그림들을 그 누구보다도 사랑하는 효미. 마이 상담소 마스코트를 귀엽게 그려 준 효미. 아이들이 마이 상담소에 올까 말까 망설이면 무조건 가 보라고 나서는 효미. 사람들에게 말하는 걸 좋아하는 효미. 중요한 정보를 옮길 때 사람들이 자신에게 주목하는 걸 은근히 즐기는 효미. 그래서 소문의 중심지에 늘 아른거리는 효미.

나는 효미와 함께 상담실을 나섰다. 마침 상담 샘이 복도를 달려오고 있었다. 상담 샘에게 꾸벅 인사를 한 뒤 우리는 교문을 나와 흩어졌다. 나는 오른쪽으로, 효미는 왼쪽으로 틀기 전 우리는 건조하고도 짧은 인사를 주고받았다.

"내일 봐."

"그래, 내일 보자."

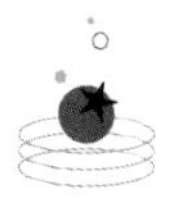

마라탕 시스터즈

아무 일정도 없는 일요일. 날씨마저 완벽한 5월의 어느 날. 하윤과 마라탕집을 찾았다. 하윤은 유부와 오징어를, 나는 새우 볼과 옥수수면을 푸짐하게 넣는다. 알바비도 받았겠다 무서울 게 없다. 매운 단계는 2단계로. 3단계는 좀 많이 맵고, 1단계는 너무 순해 자극이 오지 않는다.

잠시 후 뜨거운 마라탕 두 그릇이 나왔다. 일단 숟가락으로 국물을 퍼먹었다. 크아, 깊은 감탄이 솟구쳤다.

"으앙, 너무 좋으당."

내 말에 하윤이 흐흐흐, 웃음을 흘렸다.

"많이 드시게, 차 무당."

마라탕 국물 맛을 뭐라고 표현해야 할까. 국물이 혀에 닿으면 모든 세포가 오소소 일어서는 듯하다. 그러면서 이렇게 외친다. 살고 싶어! 내게 마라탕은 살고 싶어지는 맛이다. 그렇다면 단골집 우동은? 담백하면서 감칠맛이 깊은 우동 국물은 마음을 달래 주는 맛이라고나 할까?

"알바는 할 만해?"

하윤이 오징어를 소스에 콕 찍었다.

"응, 아이가 순해."

나는 알맞게 익은 옥수수면을 계속 건져 올려 입에 넣었다.

"너는, 하다 하다 별 알바를 다 한다."

무심한 듯 들리나 나름 애정이 담긴 하윤의 목소리를 듣고 있으니 불쑥 질문이 하고 싶어진다.

"넌 해 보고 싶은 알바 없어?"

숟가락으로 국물을 휘젓다가 하윤이 눈썹을 들어 올린다. 평소 별 고민도 걱정도 없는 하윤이 지금 이 순간만큼은 진지하게 생각을 하고 있다는 뜻이다.

"하나 있어. 피플 워커."

"뭔 워커?"

하윤의 설명이 이어진다. 태평양을 건너야 갈 수 있는 먼 나라 미국에 피플 워커라는 아르바이트가 있단다. 피플은 사람들이고, 워커는 걷는 사람이라는 뜻이다. 한마디로, 함께 걷고 산책

하면서 이야기를 들어 주는 알바란다. 키포인트는 알바를 하며 이야기를 들어 주되 조언이나 충고를 해서는 안 된다는 점. 그리고 절대 어디에서도 발설하지 않겠다는 계약서를 미리 써야 한다. 알바생은 채용 전 심리 검사도 한다.

"마이 상담소가 하는 일이랑 비슷한 거네?"

"아니, 달라."

하윤이 유부와 함께 건져 올린 넓적당면을 후후 불어 식혔다.

"피플 워커는 그냥 들어 주기만 해야 해."

나는 상상해 봤다. 두 사람이 나란히 공원을 걸어간다. 한 사람은 자기 이야기를 하고, 한 사람은 그 이야기를 무조건 들어 준다. 단, 아무런 조언이나 잔소리를 덧붙이지 않는다. 그렇게 삼십 분, 혹은 한 시간 동안 알바를 하는 사람은 이야기를 듣기만 한다. 몹시 궁금해진다. "그렇군요.", "아.", "저런." 같은 말은 해도 되는 건가. 상대방의 말을 들으며 떠오르는 말이나 해 주고 싶은 말을 할 수 없는 알바생의 마음을 생각해 본다. 상상만으로도 고통스럽고 외롭다.

"겁나 빡센데?"

일방적으로 이야기를 듣기만 해야 하는 일이 생각보다 힘들 것 같다. 만약 내가 그 알바를 한다면? 아무래도 이런 장면이 연출될 것 같다. 나는 알바생이고 고객은 성인 남자다. 남자는 고단한 삶과 고민거리를 실컷 늘어놓는다. 나는 적당한 추임새를 찾아 뱉을 수 있는 말만 한다. 종료 시간이 다가올 때쯤 남자가 내게 말한다.

-이럴 때 어떻게 하는 게 좋을까요?

-글쎄요, 제가 뭘 알겠어요.

-그러지 말고, 아무 말이라도 해 주세요.

-죄송합니다. 원칙에 어긋나는 거라서요.

-아무한테도 말 안 할게요. 제 말을 듣고 어렴풋이 떠오르는 해결책이 있을 수도 있잖아요.

-제가 뭘 아나요. 학생일 뿐인걸요.

-뭘 아는 것 같아서 그래요.

-제가요?

-네, 눈빛이 남달라요.

이게 대체 무슨 상황인가. 상황에 전혀 어울리지 않는 대사를 떠올리는 빈약한 상상력에 한숨이 절로 나온다. 흠, 눈빛이 남다르다? 헐, 기가 막힌다.

"그래? 난 쉬울 것 같은데."

하윤이 숟가락으로 국물을 떠먹으며 덧붙인다.

"난 남의 이야기 듣는 건 좋은데, 너처럼 바로바로 조언이나 해결책을 제시해 주는 건 어렵더라고."

처음에 만났을 때부터 지금까지 그랬다. 하윤은 남의 이야기를 정말 잘 들어 준다. 그것도 환하게 웃는 얼굴로. 처음에는 굉장히 쉬울 줄 알았다. 그런데 여러 번 상담을 해 보니 절로 깨달을 수밖에 없었다. 폭포수처럼 쏟아지는 남의 이야기를 매번 정성껏 잘 들어 주는 일은 결코 쉽지 않았다. 그것도 미소를 잃지 않으면서 말이다.

"요즘 꽂혀 있는 건?"

하윤이 사이다를 홀짝이며 물었다. 요즘 내가 풀지 못하고 끙끙 앓고 있는 퀴즈를 물어보는 거다.

"오신채."

"그게 뭐야?"

"수신에 방해된다는 이유로 사찰 음식에 쓰지 않는 다섯 가지 재료."

"헐, 이제는 종교까지? 참으로 다채롭다, 다채로워."

"마늘, 부추는 알겠거든. 근데 다른 건 아예 모르겠어."

"마늘, 부추는 정답이긴 해?"

"음, 아마 그럴걸?"

"그럼 다른 애들도 마늘처럼 매운 거 아닐까? 양파나 파 같은 거?"

"오, 좋은 정보 감사."

나는 휴대폰 메모장에 양파와 파를 메모했다.

"네 실력으로 다섯 가지 다 찾긴 힘들 듯. 그냥 검색해 버려."

검색으로 삼 초 만에 알 수 있는 내용을 계속 붙들고 끙끙 앓는 나를 하윤조차도 이해하지 못한다. 그래도 괜찮다. 나는 이 과정이 즐겁다. 퀴즈를 풀기 위해 고민하고 머리를 굴리는 시간이 좋다.

나는 퀴즈로 세상을 배우고 있고, 하윤은 남의 이야기를 들으며 지식을 습득하고 있다. 가령, 나는 퀴즈를 통해 4월 23일이 왜 책의 날인지 안다. 세상에서 가장 유명한 두 명의 작가가 죽은 날이기 때문이다. 그리고 나는 프톨레마이오스의 천동설을 뒤집고 지동설을 주장한 사람을 안다.

퀴즈의 좋은 점은 단순히 상식을 넓히는 데만 있지 않다. 사람들이 굳게 믿고 있는 고정 관념을 산산조각 깨부수기도 한다. 많은 사람이 마약이라는 단어는 알지만, 마약의 진짜 뜻은 잘 모를 것이다. 당연히 마약은 한자어인데, '마'는 무슨 뜻일까? 악마를 뜻하는 마귀 마(魔)일까? 땡, 틀렸다. 마약의 마(痲)는 마비되다, 저리다는 뜻을 갖고 있다.

내가 이렇게 세상을 알아 갈 때 하윤은 귀를 쫑긋 열고 사람들의 말을 들으며 지식과 세상을 배운다. 옆에서 하윤을 보면 알 수 있다. 남의 말을, 특히 선생님의 말을 귀 기울여 듣는 학생은 시험을 잘 볼 수밖에 없다. 수업 시간에 하윤이 얼마나 집중해서 선생님 말을 듣는지 보고 있노라면 숨이 턱 막힐 것만 같다.

마라탕을 거의 다 먹은 하윤이 사이다를 마시며 불쑥 물었다.

"넌 요즘 어때?"

나는 남은 마라탕 국물을 야무지게 떠먹었다.

"뭐가?"

"괜찮냐고."

숟가락을 내려놓고 보란 듯이 그릇째로 국물을 들이켰다.

"크어, 괜찮지, 그럼."

하윤이 뭘 묻고 있는지 잘 안다. 내 마음은 좀 어떤지, 자기한테 털어놓을 이야기는 없는지 궁금해하고 걱정하는 것이다. 하윤은 오래전부터 기다리는 중이다. 내가 자기에게 먼저 속마음을 털어놓을 때까지 진득하게 기다릴 작정인 것 같다.

그 마음이 고맙기도 하면서 부담스럽기도 하다. 내 마음을 나도 잘 모르겠다. 하윤이 물어봐 주기를 원했던 것 같기도 하고, 그냥 눈치껏 넘어가 주기를 바란 것 같기도 하다.

"있지, 지원아……."

하윤이 손등으로 안경을 슬쩍 올리며 넌지시 운을 뗀다. 어쩐지 하윤이 꺼내고 싶은 이야기를 다 알 것만 같아서, 시작하기도 전에 다 들은 것만 같아서, 그걸 듣고 나면 대책 없이 슬퍼질 것 같아서 나는 하윤의 말허리를 자르고 끼어들었다.

"나, 금요일에 효미 상담해 줬다."

"진짜?"

"나보고 상담 전공해 보래. 떡볶이도 쏜대."

내가 실실 웃자 하윤도 슬그머니 미소를 지었다.

하윤은 빨간 머리 앤 같다. 어떤 상황에서도 긍정의 힘을 잃지 않고 다시 일어서는 (〈인사이드 아웃〉의) 기쁨이 같다. 소원을 빌면 무조건 들어주는 마법사 지니 같기도 하다. 아니, 내게 하윤은 그 모든 것이다. 무슨 일이 있어도 내 편이 되어 주고, 내 곁에 있어 주는 존재. 엄마가 떠난 빈자리를 말없이 채워 주는 존재. 아무 말을 하지 않아도 서로의 마음을 조금은 알 것 같은 존재.

"넌 고민 없어?"

"왜, 가뜩이나 바쁜데 내 상담까지 해 주시게?"

"언제든 말만 하시지요, 낙천 선생. 내 특급으로 모시겠습니다."

"으구으구."

내 농담에 하윤은 진저리를 쳤다. 그러면서도 특유의 밝은 미소를 거두지 않는다. 우리는 곧바로 아이스크림을 먹으러 나선다. 얼얼해진 혀를 달래는 데 아이스크림보다 더 완벽한 것은 없으니까.

하윤은 화목한 가정에서 자랐다. 주말이면 엄마 아빠와 함께 밥을 먹고 이야기를 나눈다. 처음 하윤의 이야기를 들었을 때 난 좀 놀랐다. 아빠와 시시콜콜한 이야기를 나눈 적이 없는 내게 다정하고 살가운 아빠 캐릭터는 낯설고 부러운 존재였다.

할 일 없이 빈둥거리다가 저녁 먹을 시각이 훌쩍 지났다는 걸 깨닫는 주말 저녁, 가끔 나는 상상해 본다. 지금쯤 하윤은 가족

들과 어떤 이야기를 나눌까. 식탁에는 어떤 찌개가 올라왔을까. 가장 말을 많이 하는 사람은 누구일까. 조잘조잘 대화를 나누며 밥을 먹고 나면 후식으로 뭘 먹을까. 서로 눈빛을 얼마나 자주 마주칠까. 웃음소리는 얼마나 자주 날까. 만약 내가 하윤과 자매라면, 그래서 그 화목한 주말의 가족 만찬을 함께할 수 있다면 어떤 기분일까.

그런 상상을 하다가 나는 결국 허기에 굴복하고야 만다. 배에서 나는 꼬르륵 소리에 스스로 깜짝 놀라 급히 컵라면 봉지를 뜯는다. 물을 부으라고 표시된 선 따위는 가볍게 무시하고 가득 물을 붓는다. 삼 분이 채 지나지 않아도 뚜껑을 열고 면발을 휘젓는다. 편의점에서 김치라도 사 올걸. 후회해 봤자 이미 늦었다.

그렇게 끼니를 때우고 있으면 밥 챙겨 먹을 시간이라는 걸 귀신같이 알고 있는 고모가 전화 와서 꼬치꼬치 캐묻는다. 뭘 먹는지, 아빠는 언제 오는지, 김치는 아직 있는지 등등을. 그런 고모에게 약속과 달리 아빠가 아직 안 왔다고 말하지 않는다. 고모가 갖다준 김장 김치를 아빠가 출장 가면서 홀라당 가지고 갔다는 말도 하지 않는다. 잘 챙겨 먹고 있으니 제발 걱정 좀 하지 말라는 말만 반복할 뿐이다.

전화를 끊고 유튜브를 튼다. 기특한 알고리즘이 나를 끊임없이 새로운 영상으로 이끈다. 그렇게 또 한 번의 주말이 간다.

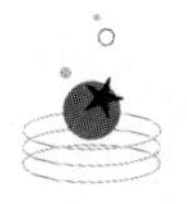

맛있는 집밥

“정말 죄송한데 오늘 하루만 현진이 픽업 좀 부탁해도 될까요?”

평범한 월요일 저녁, 카페 통로에서 고모 일을 돕고 있는데 영우 아줌마에게서 연락이 왔다. 굉장히 급한 일 같아 알았다고 답하고는 서둘러 옷을 갈아입었다.

어린이집 신발장 앞에 서서 현진이를 기다렸다. 나이 지긋한 건축가가 지었다는 이 어린이집은 유독 입구가 넓었다. 종일 부모를 기다렸을 아이와 아이를 기다렸을 부모가 서로를 격하게 껴안을 수 있도록, 여러 명의 부모와 아이가 한꺼번에 만날 수 있도록 건축가가 배려한 곳이라는 말을 어린이집 선생님에게 들었다. 입이 툭 튀어나온 현진이 유리문으로 보였다. 현진이는 나를 발견하고는 배시시 웃었다. 현진이가 와락 내 품에 달려들었다. 오후에 과일 사탕을 먹은 건지 달콤한 냄새가 아이의 몸과 함께 코끝으로 파고들었다. 현진이의 손을 잡고 걷다가 내가 물었다.

"현진아, 아이스크림 먹고 갈까?"

아이의 무구한 보조개에 선선한 미소가 어렸다. 허리를 굽혀 자세히 들여다보니 콧등에 땀이 송송했다.

"많이 더워?"

현진이가 고개를 끄덕였다. 나는 한쪽 무릎을 땅에 대고, 현진이가 메고 있는 가방을 내린 뒤 어린이집에서 맞춘 감색 조끼를 벗겼다.

아이스크림을 하나씩 입에 물고 마트 앞에 서 있는데 휴대폰이 울렸다.

"지원 씨, 간신히 퇴근해서 지금 가는 중입니다. 저녁 아직 안 먹었죠?"

영우 아줌마는 처음에 나를 '지원 님'이라고 불렀다. 들을 때마다 불편해서 그냥 편하게 '지원아'라고 불러 달라고 했지만, 고집을 꺾지 않았다. 그나마 '님'보다는 '씨'가 듣기에는 나았다.

저녁을 같이 먹자는 제안에 나는 잠깐 망설였다. 현진이와는 많이 친해졌지만, 아직 영우 아줌마와는 어색했다.

"오늘 내 생일이라서요. 저녁 같이 먹으면 현진이도 좋아할 거

예요.”

이 타이밍에 생일 카드를 쓸 줄이야. 거절할 명분을 찾지 못하고 항복하는 수밖에 없었다.

영우 아줌마가 곧 도착한다고 하니 마음이 급했다. 우선 아이스크림을 먹은 증거부터 없애야 했다. 현진이가 아이스크림을 자주 먹으니 되도록 주의해 달라고 부탁했었다. 아이스크림 껍질을 비닐봉지에 넣은 뒤 내 가방에 쑤셔 넣었다. 마지막으로 현진이 입가에 묻은 아이스크림 자국을 세심히 지웠다. 그런데 현진이가 오늘따라 안 씻겠다고 고집을 피웠다.

“현진아, 입 닦아야지.”

“싫어, 싫다고!”

잽싸게 도망 다니는 현진이를 쫓아다니다 보니 숨이 턱까지 차올랐다. 간신히 협상에 성공했다. 협상 카드로 좋아하는 영상을 틀어 주겠다고 했다. 모든 흔적을 지운 후 현진이가 좋아하는 동영상을 틀어 주는데 온몸에서 진땀이 났다.

저녁을 같이 먹자는 건 배달 음식을 시킨다는 뜻이겠지? 겨우 숨을 돌리고는 앱으로 어떤 배달 음식을 시킬지 뒤적여 봤다. 얼마 지나지 않아 도어록 번호를 누르는 소리가 들렸다.

영우 아줌마는 현진의 이름을 큰 소리로 부르며 들어왔고, 소파에 벌렁 드러누워 동영상을 보던 아이는 엄마 목소리에 벌떡 일어나 현관으로 후다닥 달려갔다. 모자 상봉을 멀찍이 떨어져 바라보고 있는데 영우 아줌마가 가볍게 눈인사를 건넸다.

"배고프죠? 밥부터 안칠게요."

영우 아줌마 손에 들린 비닐봉지가 그제야 보였다. 영우 아줌마는 손을 씻고 앞치마를 두르더니 능숙한 손길로 요리를 해 나갔다. 압력밥솥에 밥을 안치자마자 가지와 양파를 썰었다. 물을 팔팔 끓여 고추장과 된장을 한 숟갈씩 넣었다. 간장과 고춧가루를 넣고 가지와 양파를 조렸다. 국과 반찬을 동시에 하다니. 요리 내공이 만만치 않은 사람만이 가능한 경지다.

"도와드릴까요?"

엄청난 기세로 요리를 하는 영우 아줌마를 보자니 행주를 빨아 와 식탁이라도 훔쳐야 할 것 같았다.

"지금 돕고 있잖아요. 현진이 봐주는 거."

손등으로 이마에 맺힌 땀을 닦아 내며 영우 아줌마가 해맑게 웃었다. 나는 하릴없이 다시 현진이가 있는 곳으로 걸어갔다.

주방에서 날아다니는 영우 아줌마를 힐끔거렸다. 부엌에만 있으면 슈퍼 우먼 같았던 엄마가 생각났다. 엄마는 손이 빠르고 커서 어떤 일이든 뚝딱했는데, 특히나 요리 솜씨가 대단했다.

영우 아줌마의 손이 아일랜드와 식탁 위를 바삐 오갔다. 가지 덮밥이 담긴 접시와 된장찌개가 담긴 그릇에서 식욕을 자극하는 냄새가 풍겼다. 영우 아줌마는 나를 부르더니 현진이를 번쩍 들어 올려 어린이용 의자에 앉혔다. 현진이 전용 그릇으로 보이는 작은 밥공기와 아담한 수저를 아이 앞에 정갈하게 놓았다. 나는 잘 먹겠다고 인사한 뒤 가지 덮밥을 입에 넣었다. 영우 아줌마의 요리 실력에 속으로 감탄하며 부지런히 음식을 먹었다. 반찬 접시에 담긴 오이소박이와 양파 장아찌도 수준급이었다.

엄마가 밥에 열중하고 있는 걸 잠시 바라보다가 현진이도 밥을 먹기 시작했다. 아이는 어설픈 젓가락질로 가지를 집어 올리려고 몇 번 시도하다가 이내 포기하고는 손가락으로 집어 입에 넣었다.

"생일인데 미역국이 없네요?"

"현진이가 미역국을 안 좋아해서요."

"현진이는 야채를 진짜 잘 먹는 것 같아요."

나는 가지를 입에 넣고 오물거리는 아이를 기특하다는 눈빛으로 바라보았다.

"야채는 가리는 거 없이 다 잘 먹어요. 당근도 잘게 썰어 주면 잘 먹더라고요."

그렇게 말하고는 영우 아줌마는 자기 밥 먹는 데 집중했다. 현진이가 밥을 잘 먹는지, 어디에 얼마나 흘리는지 신경 쓰지 않았다. 백화점 푸드 코트에서 밥을 먹을 때 보면 아이의 입에 음식을 떠먹이느라 자기 먹는 일은 뒷전인 엄마가 많던데, 이 집은 영 딴판이었다. 그래서인지 밥을 함께 먹는 내 마음도 편했다. 자기 밥을 집중해서 먹는 영우 아줌마 덕분에 나도 집중해서 밥을 먹었다. 그리고 자기 입에 음식을 넣으려고 젓가락과 사투를 벌이면서도 찡얼대지 않는 현진이가 기특했다.

영우 아줌마가 식탁을 정리하고 설거지를 하는 동안 현진이는 사과 껍질을 가지고 놀았다.

설거지가 끝나자 영우 아줌마는 젖은 손을 행주에 닦더니 놀이에 열중하고 있는 현진이 머리를 살며시 쓰다듬었다.

"저, 이제 말 놓으셔도 돼요."

내 말에 영우 아줌마는 은은한 미소를 지었다.

"음, 그래도 될까……?"

오랜만에 정성껏 차린 집밥을 먹으니 엄마 생각이 났다. 나는 엄마표 유부 초밥을 정말 좋아했다. 내가 가장 좋아한 유부 초밥은 고추장에 매콤하게 볶은 소고기를 넣은 것인데, 느끼하지 않아 아무리 많이 먹어도 질리지 않았다. 또, 짭조름하게 간장에 조린 우엉과 소고기를 넣은 유부 초밥과 함께 근대 된장국을 먹으면 속도 마음도 든든했다.

엄마가 만들어 준 유부 초밥 생각을 하니 입에 침이 고였다. 방금 밥을 한 그릇 넘게 먹어 놓고서 말이다.

사과 껍질 놀이에 싫증이 났는지 현진이가 거실에 깔아 둔 매트 위를 뛰어다녔다. 영우 아줌마는 아랫집에 시끄러울까 봐 전전긍긍했고, 나는 쌩하고 달리는 현진이를 마크하기 위해 무릎을 꿇은 채 골키퍼처럼 두 팔을 크게 벌렸다.

현진이는 한참 그러고 놀더니 숨을 헐떡이다가 내게 동화책을 가지고 왔다.

"누나, 이거."

나는 동화책을 들고 현진이와 함께 소파로 향했다. 현진이 몸을 내 옆으로 끌어당겨 앉혔다. 동화책을 읽어 주자 현진이는 내 허벅지에 머리를 대고 누웠다. 동화책을 읽는 소리 사이사이로 세탁기 소리가 들렸다.

현진이의 눈이 스르륵 감겼다. 영우 아줌마는 금방이라도 깨질 수 있는 유리를 안듯 잠든 현진이를 조심스럽게 안아 침실로 옮겼다. 나는 조용히 현관문을 닫고 집을 나왔다.

집으로 걸어가는 길에 문득 궁금해졌다. 엄마는 어린 나에게 어떤 동화책을 읽어 줬을까. 엄마가 읽어 주는 얘기를 듣다가 현진이처럼 스르륵 잠에 빠진 적이 내게도 있었겠지. 동화책을 읽어 주던 엄마 목소리도, 나를 바라보던 엄마의 얼굴도 기억나지 않는다. 어느 때고 엄마 얼굴을 선명하게 떠올리고 싶은데, 그게 참 쉽지가 않다.

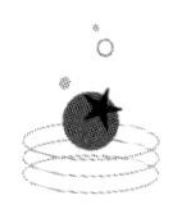

있는 그대로의 우리

"뭐?"

예린의 날카로운 목소리가 위클래스 상담실에 쩌렁쩌렁 울려 퍼졌다. 상담 중이었던 나는 물론이고, 상담 일지를 정리 중이던 효미의 눈이 휘둥그레 커졌다.

"네가 뭔데 감히 내가 찍어 둔 애를 좋아해?"

오 마이 갓. 눈치 백단인 나의 추측이 틀리지 않았다면 지금 예린에게 상담을 받고 있는 채아는 학기 초부터 예린이 찍어 둔 짝남 준혁을 좋아한다는 말을 한 것이다. 얼굴이 하얗고 목소리가 근사해서 애들한테 인기가 많은 준혁은 학기 초부터 예린이 찍어 둔 짝남이다. 자세한 내막은 모르겠으나 고백도 한 것 같은데, 둘은 이어지지 않았다.

들리는 소문에 따르면, 준혁은 외고 진학을 목표로 하고 있어서 1학기 동안에는 연애는커녕 공부 말고 다른 건 아무것도 하지 않을 기세였고, 예린을 비롯해 준혁을 찍어 둔 많은 아이들이 쓰라린 마음을 부여잡고 2학기가 되기만을 기다리는 듯했다.

"그게 어때서? 안준혁이 너 좋아한다고 한 적 없잖아."

채아의 기세도 만만치 않았다. 순식간에 상담실 분위기가 차갑게 얼어붙었다. 효미는 어쩔 줄 몰라 했고, 하필이면 하윤은 잠깐 자리를 비운 상태였다.

"주제를 알아야지. 준혁이가 너 같은 애한테 눈길 한번 줄 것 같아?"

"너 지금, 말 다 했어?"

휴, 더는 참을 수 없었다. 누가 봐도 예린이 잘못한 상황이었다. 채아는 당장이라도 예린의 머리채를 잡아챌 기세였다.

"애들아, 진정해."

가만히 있다가는 큰 싸움으로 번질 것 같아 예린과 채아 사이로 불쑥 끼어들었다. 동시에 효미에게 사인을 보내는 것도 잊지 않았다. SOS! 상담 샘도 좋고 하윤도 좋고, 누구든 빨리 불러 줘. 내 눈빛을 읽은 효미가 상담실을 재빨리 빠져나갔다.

"애들이 추천해서 온 건데, 뭐 이래? 공짜 상담이라고 이렇게 막 해도 되는 거야?"

하마터면 고개를 끄덕거릴 뻔했다. 채아 말이 옳았다. 상담자로서 기본적으로 갖춰야 할 예의와 자세를 생각할 때 예린은 오늘 큰 실수를 한 거다.

"내가 사과할게, 마이 상담소 부장으로서."

어떻게든 부드럽게 상황을 마무리하려는 나의 노력은 곧장 수포로 돌아갔다. 내 사과는 오히려 채아와 예린의 감정을 더 크게 자극했다.

"네 사과는 필요 없고, 난 이예린 사과를 들어야겠어."

채아가 허리춤에 양손을 올리고서 예린이 있는 곳으로 다가갔다.

"내가 뭘 잘못했는데? 넌 왜 사과를 하는데?"

예린은 앙칼진 목소리로 내게 따졌다. 말 그대로 진퇴양난이었다. 중재에 도통 소질이 없는 나, 차 무당은 이대로 땅을 깊이 파서 감쪽같이 사라지고 싶은 심정이었다. 날 선 목소리와 한껏 부라린 눈동자에 심장이 쿵쾅거렸다. 온몸이 긴장을 하며 전투태세를 갖추니 입이 바짝 마르고 손바닥에 땀이 났다. 다행히 하윤이 효미와 함께 상담실로 뛰어 들어오는 모습이 보였다.

하윤이 어깨를 옹송그리며 채아에게 다가갔다.

"채아야, 화 가라앉히고 일단 교무실로 가 봐."

"교무실?"

"담임이 잠깐 오래."

진짜일까? 아니면 위기 상황을 모면하려는 얄팍한 거짓말일까? 무엇이든 상관없었다. 하윤의 중재 덕분에 일촉즉발의 다툼을 피할 수만 있다면.

"오늘은 그냥 가지만 이대로 넘어갈 거라 착각하지 마."

채아가 마지막으로 남긴 말이 마이 상담소를 무겁게 짓눌렀다.

"두고 봐."

채아가 몸을 홱 돌려 상담실을 나갔고, 효미와 내 입에서 기다란 한숨이 새어 나왔다. 방금 자기가 어떤 잘못을 저질렀는지 깨닫지 못한 예린은 팔짱을 꼈다. 그러더니 아주 아니꼬운 얼굴로 내 이름을 불렀다.

"야, 차지원."

나를 노려보는 예린의 눈빛이 매섭고 서늘했다. 어깨를 활짝 편 채 내게로 다가오는 모습 역시 충분히 압도적이었다.

"너, 왜 사과하는데?"

"그거야……."

그야 당연히 네가 잘못했으니까. 너는 엄연히 마이 상담소 부원이고, 네 잘못은 우리의 잘못이기도 하니까. 그동안 우리가 쌓아 올린 평판을 위해서는 무슨 짓이든 할 수 있으니까. 그게 내가 생각하는 마이 상담소 부장의 역할이니까.

"동아리 부장인 네가 자꾸 저자세로 나가니까 저런 애들이 우릴 함부로 대하잖아."

아무 말이라도 좋으니 대차게 받아치고 싶었는데 말문이 막혔다. 너무 기가 막히고 코까지 막히면 말도 안 나오는 건가 보다.

"그리고 너, 어제 전효미랑 떡볶이 먹었어?"

예린은 맹렬한 기세로 덤벼들었다. 주눅 들지 말자. 이미 우리 동아리는 예린의 기세에 눌릴 대로 눌려 있는 상태였다.

"그건 또 왜?"

"헛! 이게 말이 돼? 지금 너희들 나 따시키는 거야?"

휴, 가슴속에서 깊은 한숨이 새어 나왔다. 이예린, 오늘 제대로 발동 걸렸군. 예린에게는 장점이 많이 있었다. 그런데 그 많은 장점을 가리고도 남는 치명적인 단점이 문제였다.

"하윤이도 학원 가느라 없었는데 따는 무슨 따야?"

나는 나대로 해명하면서 예린의 화를 가라앉히고 싶었으나 예린은 쉽게 물러날 기세가 아니었다.

"차지원, 너 말해 봐. 나야, 전효미야?"

이야기가 왜 그리로 빠지는지 알 수 없는 노릇이었다. 매사 비관적이고 까칠한 예린은 오늘도 짜증 낼 거리를 찾고 있었던 게 아닐까. 그 레이더망에 채아가 딱 걸린 거고, 한번 열이 받으니 브레이크 없이 불도저처럼 밀어붙인 거고, 얼마든지 화를 더 낼 수 있는데 채아가 홱 사라져 버리자 더 열이 뻗치는 거고, 그러던 참에 효미와 내가 단둘이 떡볶이를 먹으러 간 사실이 번뜩 떠오른 거고…….

"예린아, 진정해. 이럴 일이 아닌 것 같아."

효미가 예린에게 한발 다가서며 말했지만, 예린은 효미가 투명인간이라도 되는 듯 가볍게 무시했다. 나를 쏘아보는 예린의 눈초리가 여전히 매서웠다.

"야, 차지원. 너 상담 좀 잘하니까 뭐라도 된 줄 알지?"

나는 너무 기가 차서 더는 상대하고 싶지 않았다. 내 안에서 경고 메시지가 깜박거렸다. 당장 비전 방을 벗어나고 싶었다. 너만 화낼 줄 알고, 다다다다 쏘아붙일 수 있는 거 아니거든? 나도 한번 화나면 겁나 무섭거든? 내가 어떤 심한 말을 예린에게 쏟아부을지 알 수 없어 겁이 났다.

"이예린, 너 말이 좀 심하다?"

나 대신 하윤이 반응을 했다. 나는 밖으로 나가고 싶어 문 쪽으로 걸어가면서 하윤의 손을 끌어당겼다.

"이것 봐. 너희들 다 한편이잖아."

예린의 공격적인 말투에 잠시 뒤로 물러서 있었던 효미까지 끼어들었다.

"같은 동아리 멤버인데 네 편 내 편이 어디 있어? 담에 다 같이 떡볶이 먹으러 가면 되잖아. 내가 또 쏠게."

"전효미, 넌 빠져."

예린이 엄포를 놓자 효미는 금세 주눅 든 얼굴이 되었다. 부당하다. 효미를 대하는 예린의 태도는 옳지 않다. 지금 당장 예린과 이야기를 나누고 싶지 않아 이 상황을 피하려고만 하는 내 마음도 옳지 않다. 하지만 나는 예린과 더는 한 공간에 있을 수 없어 상담실을 빠져나왔다. 하윤도 내 뒤를 따랐다.

하윤과 나는 후문 텃밭으로 향했다. 텃밭 가꾸기 동아리에서 상추를 옹기종기 심어 둔 밭이 보였다. 그 밭을 지나 공터에 쌍쌍이 놓인 나무 벤치에 나란히 앉았다. 휴, 우리의 입에서 동시에 길고 긴 날숨이 터져 나왔다.

"어휴, 저 트러블 메이커. 걔, 오늘 왜 저래? 심하게 맛이 갔는데?"

터뜨리지 못하고 참아 왔던 분노가 이제야 활활 타올랐다. 이대로 극대노 상태로 진입해 버리면 더 심한 말도 얼마든지 할 수 있을 것 같았다.

"우리가 이해하자."

암요. 낙천 하윤 선생은 하해와 같은 넓은 마음을 가지고 계시니까 이해하실 수 있겠죠. 하지만 저는요, 힘듭니다요.

"대체 언제까지?"

"나도 첨엔 진짜 손절하려고 했는데. 휴, 소문을 듣고 나니까 조금은 이해가 가더라고."

"뭔 소문?"

나보다 아는 사람도 많고 친하게 지내는 친구도 많은 인싸 중의 인싸 하윤이 들려준 이예린에 관한 소문은 충격적이었다.

예린의 부모가 엄청난 엘리트인데 어렸을 때부터 완벽한 사교육 플랜으로 유명했단다. 그 플랜 아래에서 예린과 오빠가 얼마나 들볶였는지 부작용이 하나둘 나타났다. 예린의 오빠는 참다 참다 결국 폭발해 모든 것을 포기하며 엇나갔다. 술을 마시고 다니며 사고를 쳤고, 공황 장애 진단을 받았다. 아들이 폭주하는 모습에 질겁한 부모에게 예린은 마지막 희망이었다. 그렇다면 좀 놔둘 것이지, 방법을 바꿔 더 교묘하게 예린을 조종하고 길들이려고 한다는 소문이 초등학교 때부터 파다했다는 것이다.

"내 짐작으론 말이야, 이예린은 한 번도 칭찬을 받아 본 적이 없는 것 같아."

나는 하윤의 말에 귀를 기울였다. 하윤은 텃밭부가 정성껏 심어 둔 상추를 물끄러미 건너다봤다.

"소중한 사람에게 칭찬을 받아 본 사람은 자기 자신을 스스로 격려하고 응원할 수 있는데, 그런 적이 없는 사람은 그게 힘들지 않을까?"

예전에 고모 집에 놀러 갔다가 〈자연의 철학자들〉이라는 프로그램을 본 적 있다. 고모가 좋아하는 프로그램이었다. 프랑스에서 와 한국에 귀화해 살아가는 신부님이 나왔다. 얼굴에 주름이 자글자글한 신부님은 바지런히 농사를 지으면서 행복해했다.

프로그램 중반 즈음, 가족 이야기가 나왔다. 신부님과 형은 대단히 공부를 잘했는데 어머니는 만족하지 못했던 것 같다. 더 높은 점수, 그리고 오직 1등. 그게 어머니가 원하는 전부였다. 신부님의 형은 전국 석차 1위라는 어마어마한 성적표를 책상 위에 올려 두고 그날 밤 자살했다. 신부님은 형의 죽음에 충격을 받고 신부의 길을 걷기로 결심했다.

"네가 들은 소문이 전부 사실이라면, 예린이는 다른 사람이 자기를 어떻게 평가하고 바라볼지 두렵고 무서울 거야."

내 말에 하윤이 고개를 주억거렸다.

"두려움 때문에 자존감이 떨어지니까 필요 이상으로 화를 내는 거지. 마치 어린아이가 더 크게 앙탈을 부리고 떼를 쓰듯이."

"차 무당과의 상담이 가장 절실한 사람은 이예린이었네."

나는 무럭무럭 자라나는 상추를 멀거니 보다가 작은 목소리로 읊조렸다.

"난 자신 없어. 나보다는 전문가를 찾아가는 게 낫겠지. 이예린은 난이도 최상급 특 플러스 내담자야."

신부님이 이런 말을 했다. 씨앗을 뿌리고 그대로 놔두면 땅이 절로 알아서 성장을 돕는다고. 그러니 어른들도 우리를 좀 그냥 내버려두면 안 될까. 절로, 알아서, 천천히 자라도록 기다려 주면 안 될까. 지나친 관심과 목표를 잠시 거두고 있는 그대로의 우리를 바라봐 주면 안 되는 걸까.

"그래도 시도는 해 볼 거지?"

하윤이 물었다. 나는 잠깐 망설이다가 고개를 끄덕였다. 솔직히 도망가고 싶었다. 내가 전문 상담사도 아니고 돈을 받고 이 일을 하는 것도 아니지 않나.

그런데 하윤이 믿음이 잔뜩 들어간 눈빛으로 나를 본다. 하윤의 따뜻한 손이 내 어깨에 닿는다. 햇빛과 물을 듬뿍 받고 옹골차게 자라나는 상추들이 나를 빠끔 올려다본다. 예린과 다툴 때마다 주눅이 든 효미의 얼굴이 눈앞에 어른거린다. 풍성한 머릿결과 전혀 어울리지 않는 예린의 날 선 눈빛이 마음을 답답하게 만든다.

불공평해

곧 기말고사인데 상담이 몰려들었다. 대기표를 발행해야 하나 고민할 정도였다. 더 큰 문제는 체력이었다. 수행 평가 준비와 기말고사 공부와 알바와 상담. 이 네 가지를 동시에 할 체력이 내게 없었다. 원래도 체력이 빵빵한 편은 아니었고, 요즘 들어 부쩍 더 피곤했다. 그날이 다가오는 것도 한몫했다.

내 힘으로 해결하기에 역부족인 문제도 단단히 똬리를 튼 채 마이 상담소를 짓누르고 있었다. 예상대로 채아와 예린이 부딪친 사건의 여파가 컸다.

그동안 이미지가 나쁘지 않았던 마이 상담소를 향한 비판이 하나둘 쏟아졌다. 위클래스 상담 샘의 경고도 이어졌다. 상담 샘에게 혼이 나는 동안 예린은 고개를 푹 숙이며 반성하는 듯 보였지만, 상담실을 빠져나가자마자 고개를 빳빳이 들고 돌아다녔다. 마이 상담소와 우리들이 그렇게 마음에 들지 않으면 동아리 활동을 포기해 주면 좋으련만, 그럴 마음은 없는 듯했다.

나는 이 모든 것이 버거웠다. 하는 수 없이 상담을 이 주 동안 쉬기로 했다. 기말고사가 끝나고 여름 방학이 시작되기 전 기간을 활용해 집중적으로 상담하겠다는 공지를 위클래스 문 앞과 학교 홈페이지 게시판에 올렸다.

ㄴ상담할 자격이 없는 사람이 문제.

ㄴ누구는 상담해 주고 누구는 안 해 주고. 불공평해!

ㄴ상담 기초도 안 되어 있음. 없어져라.

ㄴ마이 상담소 실망입니다.

위클래스 문 앞에 포스트잇이 잔뜩 붙었다. 학교 홈페이지 게시판에도 불만이 빗발쳤다. 예린을 마이 상담소에서 빼야 한다는 의견도 있었고, 마이 상담소 부원 전체가 상담 교육을 다시 받아야 한다는 지적도 있었다. 갑자기 상담소 문을 닫은 것에 대해 형평성에 어긋난다는 목소리도 많았다. 가뜩이나 기말고사 준비로 스트레스가 많은데, 이런 시기에 또래 상담소가 제 기능을 하지 못한다면 애초에 왜 상담소를 만들었느냐는 아주 원론적인 지적까지 있었다.

맞는 지적도 있었지만, 우리는 좀 당황했다. 예린이 잘못을 한 게 맞지만, 그 전까지 마이 상담소는 매 상담에 최선을 다했다. 도움을 받았다고 피드백을 준 친구도 많았다. 그런데 하나의 오점이 그동안 쌓아 올린 업적을 도로아미타불로 만들었다.

시험을 앞두고 잠깐 쉬는 걸 무책임하다고 비판하는 것도 이해가 가지 않았다. 거침없이 달려들어 물에 빠진 사람을 구해 줬더니 훔쳐 가지도 않은 보따리를 내놓으라고 윽박지르는 사람을 보는 것처럼 허무하고 마음이 쓰렸다. 또래 상담소의 기능과 목적도 중요하지만 동아리 부원인 우리의 상황과 마음도 중요하지 않은가?

불평불만이 폭발적으로 늘어난 사태에 우리가 당황할 것이 신경 쓰였는지, 마이 상담소의 정신적 지주인 국어 샘이 위클래스로 우리를 소집했다. 언제 봐도 멋지고 댄디한 샘은 따뜻한 목소리로 우리를 달랬다.

"곧 조용해질 거야. 컴플레인은 샘이 대응할 거고, 예린이도 따로 만나 볼 테니까 너희는 시험에만 집중해."

샘은 종이 가방에서 예쁘게 포장된 상자와 봉투를 꺼냈다.

"솔직히 마이 상담소가 이렇게 큰 사랑을 받을 줄 몰랐어. 모두 정말 대단하고 멋지다!"

각자의 이름이 적힌 봉투에는 편지가, 포장된 상자에는 머스크 향이 나는 핸드크림이 담겨 있었다. 향이나 맛이나 소리에 예민하지 않은 하윤도 핸드크림 향이 마음에 드는지 고개를 연신 끄덕였다.

"어우, 샘! 센스쟁이~."

귀염둥이 효미는 샘이 준비한 선물에 감동을 받았는지 애교 폭발이었다.

나는 핸드크림보다 샘의 편지가 더 감동이었다. 집에 가서 혼자 읽어 봐야지. 편지가 담긴 봉투를 조용히 주머니에 넣다가 하윤이한테 딱 걸렸다. 하윤은 게슴츠레 뜬 눈으로 알 듯 모를 듯한 미소를 짓다가 흥흥거렸다.

점심시간에 하윤이 몰래 텃밭 근처 나무 벤치에 가서 샘의 편지를 읽어 보았다. 정갈하게 쓴 글자들이 눈앞에 펼쳐졌다.

지원에게.

네가 상담을 무척 잘해 준다는 이야기를 들었어. 동아리 부장으로서 자기 몫을 해내려고 애를 많이 쓴다는 말로 들렸단다.

그렇게 많은 친구의 상담을 해 주느라 많이 힘들었겠구나. 네가 힘들고 상담을 받고 싶을 때는 누구한테 도움을 청하니? 곁에 그럴 사람이 없다면 샘한테 오렴, 언제든.

선생님의 격려와 마음이 담긴 편지를 받으니 무척 든든하고 고마웠다. 하지만 내 마음 깊숙한 곳에 박힌 가시를 샘한테 꺼낼 자신이 없었다. 샘이 아니라 누구에게도 꺼내 보이고 싶지 않았다. 아직은 그랬다.

분명 국어 샘은 마이 상담소 걱정은 하덜 말고 기말고사 준비에 박차를 가하라고 했지만, 공부가 생각처럼 잘 안 됐다. 제대로 들은 수업도 없었고, 필기는 개발새발이라 알아볼 수 없었다. 어째서 내가 쓴 글씨인데 알아볼 수 없냐고. 아버지를 아버지라 부르지 못한 홍길동의 마음이 이런 거였을까. 크으오, 사악하고 좋지 않은 기운이 내 몸을 칭칭 감싸고 있는 기분이었다. 이미 충분히 '망필'이었다.

엎친 데 덮친 격으로 그날이 가까워지고 있었다. 그 증상들이 곧 닥치겠구나.

나는 달력 앱을 물끄러미 들여다보았다. 그날이 오면 내 몸이 먼저 반응했다. 처음 증상은 수면 장애다. 모두가 깊이 잠든 새벽에 스르륵 잠에서 깨어나 다시 잠에 들지 못한다. 다음 증상은 심장 두근거림이다. 아무 짓도 하지 않았는데 심장이 홀로 폭주를 한다. 마치 백 미터 달리기를 할 때처럼 쿵쾅거린다. 심할 때는 심장 뛰는 소리가 귓가에 선명하게 들린다. 마지막 증상은 무기력이다. 온몸이 쑤시고 말도 못 하게 아프다. 그저 가만히 누워 있을 수밖에 없다.

6월의 어느 날이었다. 내가 어느 정도 자라자 엄마는 알바를 시작했다. 그곳에서 딱 하루 지방으로 출장을 보냈다. 거기를 다녀오는 길에 교통사고가 났다. 아빠와 함께 엄마가 실려간 병원으로 정신없이 달려갔다. 엄마는 뇌사 판정을 받고 중환자실에 일주일 있다가 눈을 감았다. 다섯 명의 목숨을 살린 후 내 곁을 떠났다.

그 뒤 나의 일상은 멈추었다. 모든 것이 정지되었다. 밥을 먹지 못했고, 잠을 자지 못했다. 내 몸은 점점 앙상해지다가 결국엔 뼈밖에 남지 않았다. 그러자 온몸이 아프기 시작했다. 누우면 엉덩이가 아팠고, 서 있으면 무릎이 아팠다. 팔에 있는 근육과 지방이 모두 빠지자 창문을 여닫는 일조차 힘겨웠다.

나는 뼈저리게 깨달았다. 몸과 마음은 하나였다. 몸이 무너지자 마음이 바닥을 쳤다. 마음이 으스러지자 몸이 부수어졌다. 여름을 무슨 정신으로 보냈는지 기억나지 않는다. 캄캄한 흑백 화면처럼 어두운 가을을 보내고 참으로 혹독한 겨울을 보냈다.

지금 와 되돌아보니, 그 시절을 견디게 해 준 것이 몇 가지 있긴 했다. 자주 전화를 걸어 주고 나와 시간을 보내 준 하윤이. 먹을 때마다 엄마를 떠올리게 해 슬펐지만, 그래도 차가워진 몸을 뜨겁게 데워 준 단골집 우동 국물. 아빠와 내가 굶어 죽을까 봐 매일 집에 뻔질나게 드나들었던 고모. 그리고 엄마의 마지막 사랑이 가득 담겨 있어 보는 것만으로도 살고 싶게 만든 토마토 화분.

고모의 손에 이끌려 심리 상담을 받았다. 하윤의 협박에 못 이겨 정신 건강 의학과를 찾았고, 우울증 약을 먹기 시작했다. 그러면서 몸이 조금씩 회복되었다.

컨디션을 되찾자마자 나는 닥치는 대로 책을 읽었다. 마음에 드는 문장을 수집하고 틈나는 대로 어려운 퀴즈를 풀려고 끙끙댔다. 멋진 문장들과 어려운 퀴즈는 다친 마음에 바르는 연고가 되어 주었다.

그쯤 나에게 큰 힘이 되어 준 문장 중 하나가 바로 헤밍웨이의 말이었다. 바로 내가 사랑하고 존경하는 국어 샘이 들려준 문장이었다.

상담을 제대로 공부하고 싶어 닥치는 대로 책을 살펴보다가 우연히 만난 책 《회복탄력성》에서 이런 문장을 만났다.

엄마가 돌아가시면 우리의 일부가 사라진다.

그 일이 있었던 6월에 나는 오롯이 느꼈다. 내 안의 일부도 죽어 버렸다는 것을. 결코 사라질 수 없는 슬픔과 깊은 상실감이 내 몸과 영혼에 덕지덕지 붙어 버렸다는 것을.

나에게는 두 가지 선택지가 남았다. 계속 절망에 빠져 있다가 엄마를 따라 죽을 것인가, 아니면 살 것인가. 죽을 수 없었다. 결코 그럴 수 없었다. 엄마와 했던 약속이 있었으니까.

그러므로 결론은 하나였다. 나는 살아야 했다. 기필코 살아남

아야 했다. 그냥저냥이 아니라 엄마와의 약속을 지키기 위해서는 '제법' '꽤' '잘' 살아야 했다.

영원히 정지된 것 같았던 시간이 조금씩 흐르기 시작했다. 시간이 모든 것을 해결해 주지는 못했지만, 많은 것을 해결해 주었다. 나는 다시 퀴즈에 목을 매었고, 마라탕과 매운 떡볶이에 사족을 못 쓰고, 인스타그램보다는 퀴즈 프로그램에 열을 올리는, 성적에 신경은 쓰지만 공부는 결코 하지 않는, 그러면서도 매번 성적이 좋아서 샘이 절로 나는 하윤에게 종종 심통을 부리는, 날이 쌀쌀해지면 고모와 우동을 먹는 날만 기다리는, 평범하기 그지없는 중학생으로 돌아왔다.

그렇지만 가끔은 마음이 와르르 무너져 내릴 것만 같은 날이 있다. 깊은 후회 하나가 집요하게 나를 괴롭혔다.

탐스럽게 열린 토마토를 그냥 엄마랑 먹어 버릴걸. 나중에 먹자는 말 따위는 하지 말고, 그때 엄마의 입에 토마토를 밀어 넣어 줄걸. 엄마에게 사랑한다는 말을 한 번이라도 해 줄걸.

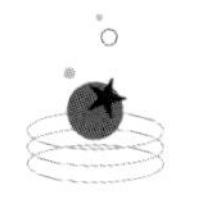

말해 줘

결국 몸에 탈이 났다. 심장이 미친 듯이 쿵쾅거려 새벽 무렵 잠에서 깨어나 다시 잠들지 못했다. 밥맛도 없었고 온몸이 쑤시고 아팠다. 주기적으로 다니던 정신 건강 의학과 의사 선생님이 우울증 약의 용량을 늘리자고 말했다. 그러고 싶지 않았지만 하는 수 없었다. 다른 방법이나 해결책은 떠오르지 않았다.

나는 나에게 퀴즈를 내 봤다.

- 어김없이 찾아온 이번 고비를 잘 넘기려면?

- 이 구덩이에서 빠져나갈 탈출구는?

아무 생각도 나지 않았다. 머리가 뿌옇고 흐렸다. 두통도 심했다. 멍하고 완전히 바보가 된 기분이 들었다. 망치로 머리를 깨부수고 싶다는 기이한 욕구를 느꼈다. 의사 선생님이 이야기하던 브레인 포그 증상 같았다.

사흘째 학교를 빠졌다. 카페 통로에 알바도 가지 못했다. 국어 샘한테서 문자가 왔다. 많이 아프다는 이야기를 들었다면서 걱정을 해 주는 문자였다. 어떻게 답을 해야 할지 몰라 그냥 씹었다.

하윤과 효미가 집으로 찾아왔다. 기말고사 준비로 바쁠 텐데, 나를 보러 와 준 것이 고마우면서도 반갑지는 않았다. 엉망진창인 모습을 가장 들키고 싶지 않은 사람들에게 고스란히 보여 주는 것 같아서 짜증스러웠다. 내 속도 모르고 하윤은 내가 평소 좋아하는 치즈 케이크를 들이밀었고, 효미는 가방에 매달린 방울토마토 모양 키링을 보여 주었다.

"지원이 너 생각하면서 샀어."

고맙다는 인사가 선뜻 나오지 않았다. 전부 귀찮았다. 하윤과 효미의 눈빛에 따뜻한 기운이 차오른다. 우린 네 고민을 들어 줄 준비가 되어 있어. 그러니 얼마든지 말해도 돼. 뭐든 말해 줘. 그런 눈빛.

그런데 정작 나는 입도 떼지 못했다. 그 어떤 말도 내뱉고 싶지 않았다. 나를 아끼는 마음으로 집까지 찾아온 친구들에게 내가 해 줄 수 있는 말은 하나였다.

나를 제발 내버려둬.

"지원아, 나도 하윤이한테 이야기 들었는데……."

우물쭈물하다가 효미가 입을 열었다. 나는 날 선 눈빛으로 하윤을 째려보았다. 무슨 이야기? 설마 그 이야기를 내 허락도 없이 효미한테 했다고? 주먹을 쥔 손이 부르르 떨려 왔다.

"마음이 아팠어. 많이 힘들었겠구나 싶어서."

효미 말에 하윤이 조용히 내 손 위에 자기 손을 포갰다.

"뭐가 힘든지 말해도 돼. 우리가 네 곁에 있잖아."

몸에 남은 기운을 모두 짜내 겨우 입을 열었다.

"난 괜찮아."

"아니, 너 괜찮지 않아."

안경 너머로 보이는 하윤의 눈빛에 단호함이 서려 있었다.

"별일 아니라니까. 볼래?"

나는 부러 치즈 케이크를 마구 퍼먹었다. 맛이 느껴지지 않았지만 맛있는 척 연거푸 케이크를 입안에 욱여넣으며 어색한 미소를 지었다.

"차지원!"

그때 하윤이 고함을 빽 질렀다. 그 소리에 깜짝 놀란 효미의 어깨가 흠칫 떨렸다. 효미는 하윤과 내 눈치를 살폈다. 나는 입에 가득 넣은 케이크 때문에 목이 막혔다.

"괜찮은 척 그만하고 그냥 인정해."

“뭘?”이라고 말하고 싶었지만 케이크 때문에 입속으로 웅얼거리고 말았다.

“괜찮지 않다는 걸 인정하고 말해 버리라고!”

나는 케이크를 간신히 목구멍으로 꿀꺽 넘긴 뒤 포크를 바닥에 확 내던졌다.

“뭘 자꾸 말하라는 거야? 난 너희들한테 할 말 없어.”

“너, 정말!”

하윤이 자리에서 벌떡 일어났다. 나도 일어나 하윤과 마주 섰다. 하윤과 나 사이에 낀 효미는 예상하지 못한 상황에 안절부절못했다. 하윤이 그만 집에서 나갔으면 좋겠다. 세상 사람 모두가 내 눈앞에서 사라져 버렸으면 좋겠다.

“너한테 나, 이거밖에 안 됐던 거임?”

연인 사이도 아니고, 드라마에서 많이 봤던 느끼한 대사였다. 하윤이 던진 말이 우습게 느껴져 피식 웃고 싶었지만 도저히 그럴 수가 없었다. 머리가 깨질 듯이 아프고 심장이 제멋대로 날뛰었다.

“네가 뭔데? 왜 다 아는 척인데?”

나는 하윤의 심장을 향해 마지막 칼을 겨누었다. 몹시 피곤했다. 침대에 쓰러져 눕고 싶었다.

“왜 허락도 없이 내 이야기를 하고 다니는데?”

“하, 허락? 몰랐네. 네가 알바 겁나 한다는 이야기까지 네 허락

받고 해야 하는 줄은."

하윤이 가방을 챙겨 후다닥 집을 나갔다. 어쩔 줄 몰라 두리번거리는 효미의 눈가가 축축했다.

"미안해, 지원아. 내 생각이 짧았어. 그냥 난 네가 알바 여러 개 동시에 하면 힘들 것 같아서……."

오늘따라 효미의 기어 들어가는 목소리가 몹시 거슬렸다. 나는 오른손을 휘휘 내저었다.

"너도 그만 가 봐. 나, 피곤해."

"알았어."

효미까지 허둥지둥 집을 빠져나가자 나는 또다시 홀로 남겨졌다. 어질러진 부엌을 내버려둔 채 침대로 기어 들어갔다. 몹시 피곤했지만 잠이 오지는 않았다. 그럼 생각이라도 그만하고 싶은데 그것도 힘들었다. 쓸데없는 생각이 쉴 새 없이 머릿속에 차올랐다. 머리가 빠개질 것처럼 아팠다.

곧 사위가 캄캄해졌다. 태양이 사라진다는 사실이 슬펐다. 외로웠고 무서웠다. 아까는 모든 게 귀찮아서 무작정 혼자 있고 싶었는데, 지금은 누구에게든 전화를 걸어서 당장 와 달라고 애걸복걸하고 싶었다. 다행히 도어록이 열리는 소리가 들렸다. 고모였다.

"너, 또 한 끼도 안 먹었니?"

고모는 포장해 온 죽을 그릇에 담아 쟁반에 받쳐 왔다. 입맛이

통 없었다. 그래도 카페 문을 일찍 닫고 여기까지 와 준 고모를 생각해 몇 숟가락 뜨는 척을 했다. 고모는 혀를 끌끌 차다가 한숨을 푹푹 내쉬면서 어질러진 부엌을 치우고는 다시 방에 들어왔다. 나를 물끄러미 쳐다보다가 내 침대에 걸터앉았다.

"무슨 일 있었던 건 아니지? 고모한테 툭 까놓고 말해 봐."

왜들 이렇게 뭘 자꾸 말하래. 진짜 다 귀찮다. 그냥 묵묵부답. 나는 대답 대신 애꿎은 죽만 숟가락으로 휘저었다.

"너, 정말. 매년 6월마다 이럴 거니? 응?"

내가 아무 대꾸도 하지 않자 고모는 무서운 카드를 내밀었다.

"안 되겠다. 네 아빠한테 오라고 해야지."

고모가 휴대폰 화면을 열었고, 나는 숟가락을 쟁반에 내려놓았다.

"하지 마."

고모의 협박이 이어졌다.

"그럼 내일 고모랑 상담 샘 만나러 가자."

나는 다시 묵묵부답. 고모는 속이 터져 죽겠는지 주먹으로 자기 가슴을 몇 번 두드리며 언성을 높였다.

"더는 못 참아! 아빠를 부르든지, 상담 샘을 만나러 가든지 둘 중 하나는 해."

그제야 나는 입을 뗐다. 지금 내가 가장 피하고 싶은 일이 있다면 아빠를 만나는 일이었다. 지금은 아빠를 만나고 싶지 않았다.

"내일 상담 샘 만나러 갈게."

고모는 내 방을 나서면서 엄포를 놓았다.

"내일 오전 9시까지 준비해. 갑자기 딴소리하면 어떻게 되는지 알지?"

춥다. 한기가 온몸으로 퍼진다. 나는 이불을 목까지 끌어당긴다. 왜들 나를 귀찮게 하는지 모르겠다. 왜 자꾸 내게 말을 하라는 건지 모르겠다. 나는 괜찮다. 계속 괜찮다는 말 뒤에 숨는다. 그러다 보면 몸도 마음도 진짜 괜찮은 날이 올 거라고 바보처럼 믿는다.

한 가지 진실은 알고 있다. 내가 도망 다니고 있다는 것을 나도 안다. 지구 끝까지 도망 다닐 수 있다면 그럴 생각이다. 그런데 과연 무엇으로부터 도망치고 있는 건가. 그걸 도통 모르겠다.

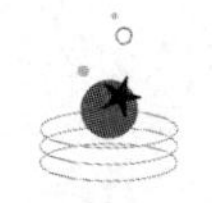

동병상련

오랜만에 상담 샘을 만났다. 거의 일 년 만인가? 효미처럼 단발이었던 머리를 쇼트커트한 뒤, 한 오라기도 남김없이 뒤로 넘긴 스타일이 제법 마음에 들었다. 선생님은 곧장 본론으로 들어갔다.

"살이 또 빠진 것 같네?"

나는 상담을 빨리 끝내고 싶었다.

"지원아."

상담 샘이 나지막이 나를 불렀다. 샘의 목소리는 엄마의 것을 닮았고, 그게 나는 퍽 못마땅하다.

"그 누구도 널 이해하지 못할 거라고 생각하니?"

선생님의 눈빛에 묻어 있는 따스함은 하윤의 것을 닮았고, 그게 나는 퍽 못마땅하다.

"네가 웃고 밝아야 사람들이 널 좋아할 거라고 믿고 있니?"

환한 톤의 하얀 피부는 효미를 떠올리게 하고, 그게 나는 퍽 못마땅하다.

"지원이 널 만난 지도 오래되었구나. 그동안 이 말을 할까 말까 망설였는데, 오늘은 꼭 해야겠다."

선생님은 책상 위에 놓인 파일을 덮었다. 파일 위로 두 손을 곱게 포갠 뒤 나를 뚫어져라 바라봤다. 나를 오래도록 들여다보고 또 들여다봤다. 레이저처럼 반짝이는 눈빛은 내 심장을 뚫을 기세로 달려들었다.

"슬픔은 사라지는 게 아니야. 네 안을 가득 채우고 있는 상실과 우울은 숨기려고 애쓸수록 더 꿈틀댈 거야. 마음은 물과 같아서 자꾸 억누르고 막아 두면 언젠가는 넘쳐흐를 수밖에 없단다."

선명한 장면이 떠올랐다. 커다란 저수지에 물이 흘러 들어온다. 한번 들어오면 절대 나가지 못한다. 물은 점차 불어나고, 수위가 높아진다. 그러다 결국 댐은 와르르 무너지고, 가두었던 물이 속절없이 흘러넘친다.

"계속 도망만 다닐 순 없어. 언젠가는 네 진짜 모습을, 네가 꼭꼭 숨겨 둔 슬픔을 사랑하는 사람들에게 드러내야 해. 쉽지 않은 일이지. 큰 용기가 필요한 일이고. 그렇지만 시도해야 해."

엄마를 떠나보내고 슬픔에 허우적거렸을 때 아빠는 그만 울라고 내게 소리쳤다. 떠난 사람은 떠난 거고 산 사람은 살아야 한다고 말했다. 언제까지 어린애처럼 울고불고 난리를 칠 거냐는 말에, 질질 짜는 모습을 보이면 친구들 다 도망갈 거라고, 그럼 왕따가 될 거라는 말에 나는 훌쩍이다가 울음을 멈추었다. 엄마가 사라졌는데 친구들마저, 내 유일한 단짝인 하윤이마저 나에게 질려 나를 버릴 수도 있다는 생각은 상상만 해도 끔찍했다. 나는 이미 충분히 비참했고, 충분히 참혹했고, 충분히 절망적이었으니까.

상담실을 나오는데 몸이 휘청거렸다. 고모가 얼른 달려와 내 몸을 부축했다. 고모의 잔소리에 못 이겨 카페 통로로 향했다. 밥을 잘 먹지 못하는 나를 위해 고모는 과일을 갈아 주었다. 신기하게도 과일 주스는 잘 먹혔다.

일찍 들어가 쉬려는데 휴대폰이 울렸다. 영우 아줌마였다. 평일 애매한 이 시각에 무슨 일일까.

"지원아, 현진이가 급체를 했나 봐."

나는 고모 차를 타고 현진이가 다니는 어린이집으로 갔다. 누군가를 돌볼 수 있는 상태가 아니었지만, 지난 주말에 갑자기 알바를 빠진 것도 있고 해서 일단 고모와 함께 현진이를 맡았다. 현진이는 몇 번 속에 있는 걸 게워 내다가 지쳐 곯아떨어졌다.

고모는 곧 카페로 돌아갔고, 나는 깊은 잠에 빠진 현진이 옆에 누워 있었다.

얼마 뒤 도어록 열리는 소리와 함께 영우 아줌마가 방으로 들어왔다. 잠든 현진이 얼굴을 내려다보다가 영우 아줌마는 나무 의자를 가지고 와 앉았다.

"많이 아프다고 들었는데 당장 부탁할 사람이 없었어. 정말 고마워."

"고모가 고생했어요."

"현진이가 지원이 누나를 많이 좋아해."

영우 아줌마가 나지막한 목소리로 말했다.

"저도 현진이 좋아해요."

이미 내 두 팔로 안기에 충분히 무거운 현진이를 끙, 하고 안아 올릴 때, 아이스크림을 신중히 고른다고 현진이가 손가락을 꼬물거릴 때, 현진이가 멀리서 나를 발견하고는 환히 웃을 때, 푸근하고 알싸한 자기 향내를 품고 내 품으로 달려들 때 나는 생명체가 안고 있는 힘을 온몸으로 느꼈다. 엄마가 나를 키우며 느꼈을 기쁨을 몰래 엿본 것 같은 기분도 들었다.

"현진이가 두 살 때 현진이 아빠가 많이 아팠어. 손을 써 볼 새도 없이 황망하게 떠났지."

상담 샘이 이야기한 마음의 물이 첨벙거렸다.

"현진이를 홀로 키우는 일이 버거워서 내 마음을 돌볼 여유가 없었어. 그러다가 작년에 크게 아팠단다."

저수지 위로 물이 흘러넘친다. 두드득, 묵직한 소리를 내며 댐이 터진다.

"처음에는 믿기지 않았어. 네가 너무 밝고 의연했으니까. 희선이가 들려준 어머님 이야기가 거짓말이 아닐까, 생각한 적도 있어. 그러다가 알아차렸지. 네가 울지 못해서 웃고 있다는 것을."

목이 따갑고 콧등이 시큰거렸다. 나도 모르게 눈가가 촉촉이 젖어 들었다.

"나도 그랬으니까. 울어야 하는데 참고 웃었거든. 우는 법을 몰랐으니까. 울면 안 된다고 믿었으니까."

흐엉흐엉, 나도 모르게 얄궂은 소리가 입가로 새어 나왔다. 그 소리 때문에 잠에서 깼는지 현진이가 멀뚱멀뚱 나를 바라보았다. 현진이가 말없이 눈동자를 굴렸다. 그 눈동자가 얼마나 맑던지, 내 영혼에 박힌 슬픔까지 모두 반사되어 비칠 것만 같았다.

"누나, 내가 호~ 해 줄게."

뺨을 타고 눈물이 흘렀다. 현진이가 앙증맞은 손으로 눈물을 닦아 주더니, 입술을 쫑긋 모아 눈가에 호, 입김을 불어넣었다. 나는 현진이의 작은 품에 안겨 마음껏 흐느꼈다. 영우 아줌마는 내가 울음을 그칠 때까지 묵묵히 기다려 주었다. 도무지 끝날 것 같지 않았던 6월이 막바지를 향해 달려가고 있었다.

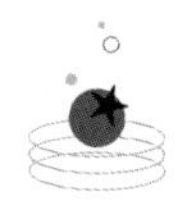

아지트

몸을 조금 회복하자마자 벼락치기에 돌입했다. 각 과목마다 허락된 시간은 네 시간 정도밖에 없었다. 어차피 좋은 점수를 기대하는 건 아니지만, 그래도 아예 공부를 하지 않는 것보다는 하는 척이라도 해야 할 것 같았다. 그렇게 허둥지둥 시험을 치르고 있으니, 보이지 않는 수면 아래로 부단히 발버둥을 치는 오리 새끼가 된 기분이었다.

마지막 시험 날, 가채점 결과 때문에 후련하지도, 시원하지도 않은 마음으로 교문을 나서는데 효미의 모습이 보였다. 효미가 신발 앞코로 바닥을 콩콩 찧을 때마다 가방에 달린 키링이 가볍게 흔들거렸다.

내 가방에 매달린 것과 같은 모양의 키링을 나를 생각하며 샀다는 효미에게 나는 한 걸음 한 걸음 다가갔다. 기척을 느꼈는지 바닥을 내려다보고 있던 효미가 고개를 올려 나를 보았다. 나는 희미한 미소를 지었고, 효미는 나를 따라 맑게 웃어 주었다.

"몸은 좀 어때?"

효미가 조심스러운 얼굴로 물었다.

"많이 좋아졌어."

"다행이다."

불현듯 효미가 떡볶이를 사 준 날이 떠올랐다. 하윤은 학원 보강이 있어서 빠지고 효미와 단둘이 떡볶이를 먹으러 갔다. 밀떡은 충분히 말랑했고, 양념은 스트레스를 날려 줄 만큼 충분히 매웠다. 호호, 후후, 혀를 날름거리며 이 인분 떡볶이 세트를 순식간에 먹어 치웠지. 배가 터질 것 같아 소화를 시킬 겸 좀 걷기도 했지.

"주스는 잘 마신다며."

그걸 효미가 어떻게 알고 있는 걸까. 고모가 하윤에게, 하윤이 효미에게 전달한 걸까. 주스를 사 주고 싶다는 효미 말에 나는 순한 양이 되었다. 앞장서 걸어가는 효미를 순순히 따라갔다. 효미는 망고 주스를, 나는 딸기 주스를 하나씩 들고 우리는 다시 걸었다. 어디로 가는지 묻지 않은 채 효미를 좀 더 따라갔다.

효미는 아주 오래된 육교로 향하는 계단 아래에서 잠깐 멈춰

셨다. 자기가 좋아하는 곳이라고 말하고는 덧붙였다.

“계단 오를 수 있겠어?”

내가 고개를 크게 끄덕이자 효미는 기분이 좋아졌는지 배시시 웃었다. 아주 빠른 속도로 계단을 올라가는 효미와 달리 나는 더뎠다. 계단을 운동선수처럼 오르는 효미의 엄청난 스피드에 도무지 맞출 수 없었다. 오랜만에 계단을 오르는 거라 숨이 차올랐다. 계단을 다 오르자 정신이 아찔하고 숨이 헐떡거렸다.

“여기, 되게 좋지 않아?”

육교 위로 부는 바람에 세수한 듯 맑아진 얼굴로 효미가 말했다. 맛있는 망고 주스 덕분인지, 오늘따라 맑은 공기 덕분인지, 육교 위로 부는 바람이 이마에 맺힌 땀방울을 적당히 말려 준 덕분인지 효미는 기분이 아주 좋아 보였다.

“가슴이 답답할 때마다 자주 와.”

“여기가 네 아지트인 셈이네?”

“그런가?”

효미가 혀를 살짝 내밀더니 맑게 웃었다.

효미에게 묻고 싶었다. 요즘도 자주 가슴이 답답한지, 누구 때문에 속이 상하는지, 상처를 받아 끔찍한 기분이 들 때 이곳에 오면 스스로 어떤 말을 해 주는지. 그리고 효미에게 사과를 하고 싶었다. 그날 화를 내고 포크를 던져서 미안하다고 말해야 했다. 그렇게 못난 모습을 보인 나를 기다려 줘서 고맙다고 말하고 싶었다.

"효미야."

효미가 고개를 돌려 나를 응시했다. 효미의 맑은 눈동자를 마주하니 입이 얼어붙었다. 우습게도 미안하다는 말도, 고맙다는 말도 나오지 않았다.

"예전부터 느낀 건데, 네 피부 진짜 끝내준다."

"그래?"

갑자기 쑥 들어온 칭찬에 부끄러웠는지 효미의 뺨이 발그레해졌다.

"특별한 비법이 있는 거지?"

"그냥 잠을 많이 자서 그런 거 아닐까?"

"오, 그런 특급 비법이."

효미가 헤헤거리며 웃었고, 나도 덩달아 실실거렸다.

"이 키링 말이야. 나한테 좀 특별해."

내가 불쑥 꺼낸 말에 효미는 가만히 귀 기울여 주었다. 나는 가방에서 조용히 흔들리고 있는 방울토마토 키링을 꽉 쥐어 보았다.

"이 토마토를 보면 엄마 생각이 나거든."

나는 자분자분 엄마와 화분 이야기를 했다. 그러다가 엄마와 크게 다툰 에피소드까지 말해 버렸다. 누구에게도, 심지어 하윤에게도 말하지 않았던 이야기였다.

나는 오래된 가방을 당연히 버리고 새 가방을 사야 한다고 말했고, 엄마는 멀쩡한 가방을 왜 버리느냐고 잔소리를 퍼부었다. 무조건 새것을 좋아하는 태도를 지적하고, 남들이 하는 것을 좇기 전에 충분히 생각하고 행동해야 한다는 말에 슬슬 짜증이 밀려왔다.

생각? 학교가 끝나면 학원에 가기 바빴다. 학원이 끝나면 피곤에 지쳐 자기 바빴고, 눈을 뜨면 학교에 가기 바빴다. 저런 말을 하고 싶으면 적어도 생각할 시간을 주고 해야 하는 거 아닌가?

"아, 몰라. 더는 이 가방 쪽팔려서 못 들어."

깨끗하게 빨아 줄 테니 조금 더 사용하자는 말에 짜증을 넘어 분노가 이글이글 타올랐다. 엄마 말에 딴지를 걸고 와락 대들고 싶었다. 엄마는 언제나 이런 식이었다. 내가 원하는 것을 쉽게 사 준 적이 단 한 번도 없었다.

"싫다니까."

엄마가 아랫입술을 세게 깨물며 엄한 표정을 지었다.

"정 새 가방을 원하면, 좋아. 이번 달에 사기로 한 퀴즈 책은 다음 달에 사 줄게."

"뭐? 그런 게 어딨어?"

엄마가 내게서 등을 획 돌리더니, 아무 대꾸도 하지 않은 채 낡은 가방을 쓰레기 수거함에 넣었다.

"뭐든 다 엄마 맘대로만 한다고 생각한 적 없지? 진짜 폭군 같아!"

나는 현관문을 소리 나게 쾅 닫았다. 씩씩거리며 걸어도 분이 풀리지 않았다. 학원에 일찍 도착했지만 숙제조차 하지 않았다. 세상 모든 것이 싫었다. 될 대로 돼라는 심정이었다.

엄마를 골탕 먹이고 싶은 마음 한 스푼, 최대한 삐뚤어지고 싶은 마음 한 스푼, 가난한 부모를 만난 내 운명에 원망하는 마음 한 스푼을 섞어 벼락 가출을 감행했다. 말이 가출이지 팩트는 집 근처를 뱅뱅 돌며 시간을 때운 거였다.

귀가 시간이 훌쩍 지났는데도 딸이 오지 않자 엄마는 전화를 걸었고, 난 일부러 전화를 받지 않았다. 귀찮게 계속 울리는 휴대폰 전원을 꺼 버릴까 고민하고 있는데, 놀이터 근처를 서성이는 엄마 모습이 보였다.

엄마는 잠옷에 카디건을 걸친 초췌한 차림으로 정신없이 동네를 헤맸다. 얼이 나간 엄마 얼굴을 보면 속이 시원할 줄 알았는데, 아니었다. 나는 못 이기는 척 전화를 받아 거짓말을 늘어놓았다. 그날 어떤 거짓말을 했는지 정확히 기억나지 않는다. 아마도 휴대폰을 잃어버렸고, 그걸 찾느라 헤매다 보니 정신이 없었다고 둘러댔겠지.

거짓말이 얼굴로 들통날까 봐 허둥지둥 방문을 닫았다. 길게 한숨을 쉬며 침대에 걸터앉는데 책상 위에 놓인 새 책이 보였다. 몇 달 전부터 사 달라고 졸랐던 퀴즈 책이었다. 책을 펼치자 엄마가 직접 쓴 쪽지가 보였다.

엄마가 미안해. 주말에 가방 보러 가자.

그날 먼발치에서 훔쳐본 엄마의 얼굴을 또렷이 기억한다. 사랑하는 사람을 잃어버려 영혼이 가출한 얼굴. 놀라고 당황해 죽을 것 같지만, 필사적으로 힘을 내 찾고야 말겠다는 의지로 일그러진 얼굴. 그 얼굴을 나는 잊어버리고 싶지만, 절대 잊지 못할 것만 같다.

"사람 마음이란 게 참 이상하다? 그때는 엄마와 다툴 때마다 짜증 났거든. 근데 지금 난 엄마와 한 번 더 말다툼을 할 수만 있다면 무슨 짓이든 할 수 있을 것 같아."

효미는 조용히 내 옆으로 다가와 내 등을 쓰다듬었다. 여름을 알리는 후덥지근한 바람이 다시 불어왔고, 우리는 그 바람을 오롯이 맞았다.

"이야기해 줘서 고마워."

이런, 내가 해야 하는 말을 효미가 먼저 했네. 효미의 귀엽고 살가운 목소리가 내 마음을 따뜻하게 어루만져 주었다.

겨우겨우 기말고사를 치른 뒤, 우리는 약속대로 마이 상담소를 다시 열었다. 밀려 있던 상담이 한꺼번에 몰려들어 매우 빡셌다. 혼자서는 무리였다. 위클래스 담당 샘과 국어 샘에게 도움을 요청했다. 다른 사람의 이야기를 잘 들어 주는 하윤과 효미도 발 벗고 나섰다.

위클래스 담당 샘에게 경고를 먹은 예린은 잠시 마이 상담소 활동을 쉬는 중이었다. 필요한 일에 선뜻 도움을 요청하는 것도 용기가 필요한 일임을 절절히 느꼈다. 요즘 나는 새롭게 느끼고 뼈저리게 깨달은 것이 참 많다. 그런 시즌인가 보다.

또래 상담 재개를 하는 것보다 더 급한 일은 하윤과 효미에게 사과를 하는 것이었지만, 도무지 여유가 생기지 않았다. 게다가 어떤 방법으로 사과를 하는 것이 좋을지 아직 해답을 얻지 못했다. 내게는 난이도 최상급의 문제였다. 오랫동안 고민하다가 그냥 맞닥뜨리기로 했다. 하윤과 내가 자주 가는 마라탕집에서 한턱 쏘기로 하면서 효미를 불렀다.

효미는 마라탕을 처음 먹는 모양이었다. 어떤 재료를 선택해야 할지 몰라 난감해하길래 내가 자주 넣는 재료들을 추천해 주었다. 매운 것을 잘 못 먹는다고 해서 순한 맛을 권했다. 다행히 효미는 전혀 매워 보이지 않는 국물을 야무지게 즐겼다. 얼추 다 먹었을 때쯤 나는 물로 입을 헹구었다.

"그날은 내가 심했어. 미안해."

효미가 귀엽게 고개를 몇 번 끄덕여 주었고, 하윤은 조용히 내

다음 말을 기다려 주었다.

"엄마 그렇게 보내고 아빠랑은 필요한 말만 했어. 내가 자꾸 우니까 아빠는 혼내기만 하고, 차츰 나도 입을 다물게 되더라고. 아빠가 회사에 출장 신청을 해서 지방을 전전해서 혼자일 때가 많았는데, 차라리 그게 더 나았어. 아빠와 함께 있는 게 괴로웠거든."

"많이 외로웠겠다."

효미가 말했다. 하윤은 맑은 눈동자로 나를 응시했다.

"괜찮았어. 진짜로! 고모도 곁에 있었고, 무엇보다도 하윤이가 내 곁에 있었으니까."

내 말에 하윤의 눈시울이 붉어졌다. 나도 코가 시큰해졌다.

"있지, 나 현진이 껴안고 아기처럼 울었다? 대박 웃기지. 열여섯인 내가 다섯 살 아이 붙들고 울고불고, 그 애는 그 짧은 팔로 나 달래 주고. 완전 코미디였다니까."

슬픔에 젖어 들고 있는 분위기를 바꾸고 싶어 생긋 웃었다. 효미는 나를 따라 미소를 지어 주었지만, 하윤은 여전히 물기가 매달린 눈동자로 나를 바라보았다.

"그렇게 울면서 깨달았어. 아직 엄마를 많이 사랑한다는 걸, 그래서 아직은 엄마가 떠났다는 사실을 받아들이지 못한다는 걸. 진짜 이상한 말인데 난 가끔 엄마가 아직 이곳에 있다고 느끼거든. 모로코나 아르헨티나같이 먼 곳에 긴 여행을 간 거라고 말이지."

난 괜찮아. 그러니 울지 마. 그 말을 하는 대신 나는 그저 하윤을 지그시 보며 환하게 웃었다. 내가 아무리 노력해 웃는다 할지라도 하윤이의 환하고 밝은 웃음에 미치지 못할 것이다. 그래도 나는 힘껏 미소 지었다. 지금까지 내가 하윤에게 받은 웃음에 그렇게라도 보답하고 싶었으니까.

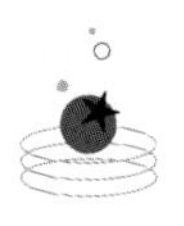

트러블 메이커

여름 방학을 며칠 앞둔 어느 날, 나는 후문에 서서 예린을 기다렸다. 예린이 모습을 드러냈고, 정문을 나와 후문 쪽으로 걸어갔다. 나는 천천히 그 애 뒤를 쫓았다. 예린은 육교 쪽으로 걸어갔다. 딸기 주스를 마신 날, 효미와 온 적 있는 낡은 육교였다. 육교를 건너다가 예린은 육교 중앙에서 멈춰 섰다. 갑자기 몸을 확 돌려 나를 노려보았다.

"왜 자꾸 따라와?"

내가 자기 뒤를 쫓아온다는 걸 언제부터 알았던 걸까.

"나한테 할 말 있어?"

"아니, 없는데?"

오늘 나는 예린에게 해 주고 싶은 말도, 할 수 있는 말도 없다. 예린은 내 상담 실력에 버거운 내담자다. 내가 할 수 있는 일이란 예린이 자기 마음속에 담아 둔 말을 꺼내도록 기다려 주는 일밖에 없다. 나는 기다린다. 예린이 먼저 입을 열 때까지. 속이 터지기 일보 직전이지만, 일단 입을 다물고 손톱을 손바닥에 깊이 박는다. 과연 언제까지 참을성 있게 기다려 줄 수 있으려나. 하윤이나 효미라면 기다리는 일을 잘해 냈겠지만, 나는 이런 일에 젬병이다.

"여기가 내 아지트야."

휴, 아무 말이나 해 버릴까 고민하던 중에 예린이 드디어 입을 열었다. 예린은 알까. 자기가 만날 때마다 구박하는 효미와 같은 아지트를 공유한 사이라는 걸.

예린은 두 손으로 난간을 짚고 쌩쌩 스쳐 지나가는 자동차들을 내려다보았다. 예린을 따라 아래를 내려다보니 아찔했다. 생각보다 육교는 높았고, 차들은 엄청난 속도로 달렸다.

"아주 가끔 말이야. 이상한 생각을 한다?"

"무슨 생각?"

내가 되묻자 예린은 묘하게 힘이 빠져나간 듯한 목소리로 답했다.

"여길 지나가는 차들 속도가 빠르지 않을 때 여기서 뛰어내리면 어떨까. 자동차 지붕 위에 멋지게 착, 안착할 수 있지 않을까."

원래의 나라면 이 타이밍에 질문을 퍼부을 것이다. 여기까지 와서 왜 아래를 내려다보는지, 어떤 일 때문에 자동차 지붕 위로 뛰어내리고 싶다는 생각을 했는지 잽싸게 물었을 것이다. 하지만 나는 조용히 입을 다물었다. 역시, 난 피플 워커 알바는 못 한다. 입을 열지 않고 침묵을 지키는 일에 비한다면 질문을 던지고 조언을 하는 일은 식은 죽 먹기니까.

"나도 가끔 아주 이상한 생각해."

내가 말했다. 예린은 그 생각이 어떤 건지 묻지 않았다. 육교 위로 부는 바람에 예린의 머릿결이 휘날렸다. 언제 봐도 참으로 풍성하고 아름다운 머리카락이었다. 살짝 까무잡잡한 피부와 더할 나위 없이 잘 어울리는 머릿결이었다. 넌지시 다가가 쓰다듬어 주면서 참으로 아름답다고, 예술 작품이 따로 없다고 이야기해 주고 싶었다. 하지만 달리는 자동차 지붕을 내려다보는 예린의 얼굴이 슬퍼 보여 다가갈 수 없었다.

"마이 상담소, 그만둘 거니?"

내 말에 예린은 아무 대답도 하지 않았다.

"채아한테 사과할 마음은 아직 없고?"

내가 다시 물었다. 예린은 여전히 입을 다문 채였다.

처음 심리 상담을 받았을 때, 나도 입을 굳게 다물기만 했다. 어떤 말을 해야 할지 혼란스럽기도 했고, 내 마음을 일목요연하게 전달하지 못할 거라는 생각이 자꾸만 들었다. 어차피 누구도 내 마음을 이해해 주지 못할 거라는 부정적인 생각도 있었다. 그러다 보니 입을 여는 데까지 오랜 시간이 걸렸다.

"내가 그만두길 모두가 바라는 거 알아."

"그렇게 말한 사람은 아무도 없어."

"어차피 도움도 안 되잖아."

"초기에 연애 상담만 들어왔을 때 네가 활약한 거 잊었니?"

그래서 상담을 하는 사람들은 입을 모아 말한다. 내담자가 입을 열면, 이야기를 시작하면 상담을 절반 가까이 완성하는 거라고. 때로는 한 주, 때로는 보름, 때로는 한 달 이상 입을 꾹 다물고 눈씨름만 하던 내담자가 어느 순간 입을 연다. 상담자는 안도하며 조용히 열정을 품는다. 어떤 이야기를 하든 마음의 문을 활짝 열고 말을 들어 준다. 앞뒤가 맞지 않는 두서없는 이야기도 좋고, 말이 안 되는 허무맹랑한 이야기도 괜찮다. 심지어 그 말이 모두 거짓말이어도 상관없다.

"이야기 들어 줄 사람 필요하면 연락해."

그제야 예린은 아래를 바라보던 시선을 들어 나를 보았다.

"진심?"

"완전 진심."

더 좋은 상담을 하고 싶어 읽었던 책에서 이런 내용을 보았다. 비관적이고 극단적인 사람들은 짜증이 많고 화를 잘 낸다. 자신감이 없고 다른 사람의 시선에 매우 예민하다. 우월감과 열등감을 널뛰듯이 오간다. 우월감과 열등감은 하나라고 한다. 자존감이 튼튼한 사람은 우월감도 열등감도 갖고 있지 않다. 타인의 시선에 덜 신경 쓰기에 상처를 크게 받지 않는다.

책을 읽었을 때는 몰랐는데, 지금 생각해 보니 누가 이예린을 몰래 보고 가서 분석해 책에 있는 문장들을 쓴 것 같았다.

"솔직히 말할게. 난 네가 마이 상담소랑 안 어울린다고 생각해. 실은 이렇게 너와 이야기를 따로 나누고 싶은 마음도 별로 없었어."

차들이 지나가는 소리가 요란하게 울렸다.

"근데 나머지 멤버들은 생각이 다르더라고."

나는 예린이처럼 두 손으로 난간을 붙들며 말을 이었다.

"하윤이랑 효미가 하도 간곡히 부탁해서 오늘 온 거야. 그게 팩트니까 알고는 있으라고."

나는 예린을 육교에 내버려두고 뒤를 돌았다. 그러다 갑자기 몸을 돌려 예린이 있는 곳으로 가까이 다가갔다.

"참, 여기가 아지트인 사람 너 말고 또 있어."

예린이 타오르는 눈빛으로 나를 주시했다.

"전효미."

예린의 눈동자가 잠깐 커졌다가 줄어들었다. 예린과 효미 둘 다 이곳을 좋아한다는 공통점을 물고 늘어지면 두 사람의 사이가 조금이라도 나아질까. 그런 생각을 하다가 엉뚱한 생각이 들었다. 비관적인 사람 이예린, 낙천적인 사람 홍하윤, 걱정이 많고 불안한 사람 전효미. 나는 그들 중 누구와 더 가까운 사람일까.

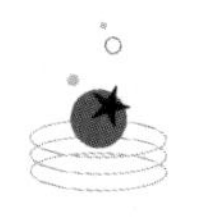

언제든 부르면

여름 방학이 시작되었다. 방학 특강을 듣느라 아침 일찍부터 학원에 가는 아이들의 틈바구니 속에서 마이 상담소는 꿋꿋이 개겼다. 국어 샘이 마이 상담소에 내려 준 방학 숙제를 위해 머리를 맞대야만 했으니까. 샘이 내준 과제는 간단했지만, 결코 쉬워 보이지 않았다.

특명 : 내 인생의 책 한 권을 소개하는 광고 카피 만들기

광고 카피를 만드는 일은 어렵지 않았다. 문제는 '내 인생의 책 한 권'을 고르는 일이었다.

우리는 과제를 핑계로 뻔질나게 마라탕집을 드나들었다. 마라탕 한 그릇을 때린 뒤 아이스크림을 먹거나 아니면 탕후루를 먹으러 갔다. 오늘도 루틴대로 움직이느라 건너편 탕후루 가게로 갔는데, 가게 앞에서 예린을 딱 만났다.

"이예린, 여기서 뭐 해?"

하윤이 물었다.

"아, 나 탕후루 마니아거든."

"아음, 난 탕후루 별로인데. 효미 넌?"

나는 최대한 무심한 목소리로 물었다.

"나? 난 좋아해."

예린과 효미가 단둘이 시간을 가질 때가 되었다고 내 마음대로 판단했다. 결과가 나쁠 수도 있지만, 그래도 한 번은 예린에게 기회를 주고 싶었다.

"잘됐네. 둘이 먹고 와. 하윤이랑 나는 의논할 일이 있어서 이만."

나는 하윤에게 눈을 찡긋했고, 신호를 알아챈 하윤이 내 팔에 팔짱을 꼈다. 오랜만이라 그런지 예린도 효미의 안색을 살피는 듯했다. 같이 맛있는 걸 나눠 먹으면서 이야기가 잘되면 좋겠다. 남의 일은 타이밍과 방법이 잘 보이는데 내 일은 보이지 않는 법. 아무리 현명해지려고 발버둥 쳐도 여전히 암흑 속을 헤매는 기분이 들 때가 많다.

하윤과 나는 카페 통로로 방향을 잡았다. 공기가 습하고 푹푹 쪘다. 차가운 음료를 벌컥벌컥 마시고 싶은 오후였다.

"우리 남은 방학 때 뭐 할까?"

내가 묻자 하윤이 싱겁게 대답했다.

"계획했던 것들 해야지."

여름 방학 때 하려고 하윤과 계획한 일이 많다. 일단 영화관에 가야 한다. 하윤이 좋아하는 배우의 영화가 올여름 성수기 때 개봉한다. 그리고 영어 회화 스터디에 가입해야 한다. 영어에 소질도 없고 관심도 없지만, 하윤이 오래전부터 조르던 일이다. 마지막으로 타로 공부를 함께 시작하기로 했다. 유명한 타로 카페에 가서 현장 학습도 해 봐야지.

"그리고 가족이랑 여름휴가를 가야 하지, 휴."

하윤이 입에서 긴 한숨이 흘러나왔다.

"웬 한숨? 부럽기만 하구먼."

하윤은 걸음 속도를 늦추더니 고개를 절레절레 흔들었다.

"폭탄선언 하나 할까?"

하윤의 보폭에 맞춰 걷던 나는 걸음을 멈추었다.

"난 우리 가족이 불편해."

헐, 이게 대체 뭔 소리인가? 일일 연속극에 나올 정도로 완벽하기 그지없는 가족이 불편하다고? 어째서? 나는 뭐라고 대꾸해야 할지 몰라 눈동자만 또르르 굴려 댔다.

"그동안 네가 힘들어 보여서 말 못 했어. 가족을 잃은 너에게 할 말도 아닌 것 같고."

아뿔싸, 완전히 놓쳤다. 고민이 있는 전교생을 상담해 주는 동안 한 번도 하윤에게 고민이 있을 거라고 생각한 적이 없었다. 하윤은 당연히 화목한 가정에서 행복할 거라고만 생각했다.

"어떤 점이 불편한지 물어봐도 돼?"

하윤은 눈썹을 한껏 들어 올렸다. 얼굴에 맺힌 땀에 흘러내리는 안경을 추켜올린 뒤 다시 한 걸음을 나아갔다.

"한마디로, 긍정의 늪에 빠질 것만 같아. 지나치게 긍정적이어서 문제지."

"긍정적인 건 좋은 거 아닌가?"

"아니야, 뭐든 지나치면 좋지 않아."

하윤의 눈썹은 내려올 생각이 없어 보였다. 그만큼 심각하고 진지하다는 뜻이었다.

"말을 다 할 수가 없어. 예를 들어 어떤 식당에 갔는데 반찬이 맛이 없는 걸 이야기한다고 쳐. 그럼 당장 이런 말이 날아와. 그래도 메인 음식은 맛있잖니? 값은 합리적인 곳이잖니? 살다 보면 고민이 있을 수도 있잖아. 그런 걸 이야기하면 아주 분위기가 희한해져. 아무 대책 없이 '다 잘될 거야.'라고 하질 않나, 아니면 '수준 높은 고민을 하다니, 기특하다.' 이래. 같이 고민해 주고 해결책을 제시해 줄 생각조차 안 한다니까."

"가족 모두가 그래?"

"모두. 오빠까지."

책에서 봤는데 지나치게 낙관적인 것도 좋은 게 아니란다. 심하게 낙관주의로 무장한 사람은 자신의 미래에 지나친 기대를 품고 심각한 착각에 빠질 때가 많다는 것이다. 정도를 벗어난 긍정으로 무장해 있기에 실패로부터 교훈을 얻지도 못한다.

그런데 나의 낙천 선생 하윤은 낙천적이되 현실 감각을 제대로 갖고 있으며, 매사 긍정적이되 자신을 반성하는 능력까지 탁월하다. 이러니 사람들이 다들 하윤을 좋아할 수밖에. 누구보다도 매사 도망부터 생각하는 도피 전문 차 무당이 베스트 단짝 자리를 절대 안 바꾸는 이유다.

"그것도 모르고 나 되게 부러워했었다?"

오후의 햇살이 점점 뜨거워졌다. 나는 손으로 부채질을 해 댔다.

"뭘?"

"그냥 다. 하윤이 너의 낙천성과 너희 가족의 화목함, 뭐 그런 것들."

이마에 맺힌 땀방울을 손등으로 훑었다. 그렇구나. 모든 걸 그냥 두루뭉술하게 넘어가는 것만이 능사는 아니구나. 좋은 게 좋은 것이 아닐 수도 있구나.

"아, 씨, 휴가 진짜 가기 싫은데."

"학원 보강 핑계로 빠지면 안 돼?"

"차 무당, 나 한 번만 도와줄래?"

갑자기 하윤이 멈춰 서더니 내 손을 꼭 붙들었다.

"왜, 왜, 뭘, 어떻게?"

"네가 힘들어한다고, 네 곁에 내가 꼭 있어야 한다고 말하면 빠지게 해 줄 것 같아서."

나는 잠시도 망설이지 않고 대답했다.

"그게…… 도움이 될까?"

"완전. 엄마 아빠도 지원이 네 이야기만 나오면 무조건 항복할 거야."

뭐, 그다지 어려운 일도 아니었다. 내가 땀을 너무 많이 흘려 우울증이 도졌다는 말을 고모가 하윤의 부모님에게 살짝 흘리면서 "지원이는 하윤이가 곁에 있으면 좀 괜찮던데요."라고 하면 게임 오버.

"콜! 고모한테 부탁해 둘게."

"진짜지? 와, 역시 너밖에 없다."

하윤이 내 손을 잡고 제자리에서 펄쩍펄쩍 뛰었다. 그 어느 때보다도 환하게 웃는 하윤을 보며 다시금 깨달았다. 하윤이 가족 때문에 괴로울 거라고는 단 한 번도 상상해 본 적이 없었다. 이야기를 털어놓지 않는 한 그 사람의 아픔과 비밀은 절대 모르는 거구나. 그러니 함부로 남의 사정을 다 알은척하면 안 되겠구나.

"단, 한 가지 조건이 있어."

내 단호한 목소리에 하윤은 제자리 뛰기를 멈추었다.

"앞으로 고민 있으면 망설이지 말고 이야기해 줘. 가족을 잃은 어쩌고, 이런 말 하지 말고."

"오케이."

"그리고 힘들면 언제든 연락하기야. 내가 후다닥 달려갈 테니까."

내 말에 하윤은 힘차게 고개를 끄덕거렸다. 내가 힘들 때마다 내 곁에 하윤이 있어 주었던 것처럼 하윤이 힘들 때 나도 곁에 있어 주고 싶다. 내 힘이 닿는 데까지. 그러려면 하윤이 힘든 순간을 알아차려야 한다. 그런데 하윤이 솔직하게 이야기해 주지 않으면 무슨 수로 알겠는가.

저 멀리 카페 통로의 간판이 보이기 시작했다. 현진이와 함께 즐겨 먹었던 아이스크림을 당장 먹고 싶은 마음을 꾹 누르고, 우리는 통로로 향했다.

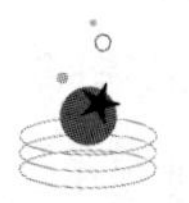

고모와 통로

"하윤이 왔구나. 오늘 많이 덥지?"

고모는 우리를 반갑게 맞이해 주었다. 통로에서 가장 잘 팔리는 음료 중 하나인 딸기 요거트 스무디를 주문했다. 하윤과 나는 계산대 근처 테이블에 앉았다. 믹서기 돌아가는 소리가 우렁차게 들렸다. 고모가 우리 맞은편에 앉으며 음료수를 건넸다. 우리는 스무디를 숨도 쉬지 않고 흡입했다.

"컨디션은 좀 어때?"

고모가 걱정 가득한 눈빛으로 나를 바라보고 있었다.

"좋아졌어. 걱정 마."

하윤이 고개를 내 쪽으로 돌렸고, 우리 둘의 눈빛이 마주쳤다.

나는 살며시 눈웃음을 지었고, 하윤이 고개를 크게 끄덕였다.

"참! 고모, 나 이번 방학 때 알바 못 해."

"왜?"

"하윤이랑 할 게 많아서."

고모가 입술을 쫑긋 모았다.

"그럼 현진이는?"

"현진이 봐주는 건 일주일에 한 번이잖아."

고모가 입술을 삐죽이더니 뾰로통한 표정으로 팔짱을 꼈다.

"이건 뭐, 굴러온 돌이 박힌 돌 빼내는 격이네."

이게 상황에 맞는 말인가? 처음 듣는 속담이라 그 뜻이 궁금했지만 고모 표정이 심히 좋지 않아 조용히 넘어가기로 했다.

"고모, 카페 이름 말이야. 왜 통로라고 했어?"

고모가 컵에 담긴 물을 한 모금 마셨다.

"글쎄, 어느 날부터 자꾸 통로라는 단어가 입에서 굴러다녔어. 우리가 사는 게 무수한 통로를 지나치는 거 아닐까, 그런 생각도 들고."

나 또한 오래전부터 '통로'라는 단어를 좋아했다. 잠, 샛별, 고독, 새벽, 수다, 온기, 기척, 구원, 달린다, 다정다감한, 가만가만, 무심히, 불쑥 등등의 단어와 함께. 그냥 아무 이유 없이 마음이 가는 단어가 있다. 아무 이유 없이 싫은 단어가 있듯이. 언젠가 내가 좋아하는 단어들만으로 퀴즈를 내 보고 싶다는 생각이 문득 들었다.

그때 하윤의 휴대폰이 울렸다. 하윤은 전화를 받으러 잠깐 밖에 나갔다.

"고모, 카페 차린 건 후회 안 해?"

나는 쉬지 않고 고모에게 질문을 퍼부었고, 고모는 쿨하게 대답을 이어 나갔다.

"별로."

"생각보다 남는 것도 없고 일도 고되잖아."

"그렇긴 한데 그냥 커피 향이 좋아. 내가 만든 커피 맛이 훌륭한 것도 아니고, 내가 바리스타도 아니지만, 커피를 정성껏 내려서 사람들에게 대접하는 게 좋아. 커피를 마시는 사람들 표정을 보는 걸로 뭔가 위로를 받는 것 같기도 하고."

고모의 말을 가만히 듣고 보니 정말 그랬다. 고모가 만드는 커피는 평범하고 특별할 것 하나 없는데도 영우 아줌마는 카페에 앉아 커피를 마시면서 큰 위로를 받았다고 한다.

나도 그랬다. 학교 혹은 학원에서 속상한 일이 연달아 일어나도 카페에 와서 알싸한 커피 향을 맡으면 기분이 한결 나아지고는 했다. 우울증에 시달릴 때도 내 곁에는 고모와 카페 통로가 있었다. 고모가 마음을 다해 내린 커피 한 잔이 영우 아줌마를 비롯한 사람들에게 '통로'가 되어 외따로 있는 마음들을 이어 주는 느낌이다.

"고모, 엄마와 나를 이어 주는 통로도 하나쯤 남아 있을까?"

나는 가끔 우주의 어떤 행성을 상상했다. 그곳에는 지구에서 죽은 이들과 그들이 남긴 물건이 모두 살아 있다. 그리고 통로를 닮은 카페가 하나 있다. 그곳에는 통로처럼 푹신한 소파와 새하얀 쿠션들이 있다. 금방 허물어질 것 같은 오래된 간판과 어울리지 않는 쨍한 색깔의 음료들만 판다.

카페 건너편에는 우동집이 있다. 페인트를 대충 발라 둔 우동집 외벽은 우둘투둘하고, 식당 근처에는 가다랑어포로 우린 국물 향이 나붓하게 흩날린다. 주방 안쪽에는 커다란 냄비가 있고, 냄비 안에는 엄청난 양의 육수가 펄펄 끓고 있다. 그리고 그곳에 우동 면발을 후루룩 빨아들이고 있는 엄마가 있다.

"그럼, 당연하지."

고모가 내 손등 위에 자기 손을 포갰다. 엄마와 함께한 모든 순간이, 내게 선명히 남은 기억이 엄마와 나의 통로였다. 엄마를 잃은 후 도무지 적응할 수 없었던 학교생활에 정을 붙일 수 있게 도와준 국어 샘과 하윤이 나와 학교의 통로였고, 내가 집착했던 퀴즈가 세상과 나의 통로였다. 아이들의 고민을 듣고 함께 아파해 주고 해결책을 고심했던 마이 상담소에서의 시간은 밝은 세상에 한 발을 뻗고 싶은 내 마음의 통로였다. 그리고 나에게 자신의 아픔을 오롯이 말해 주고 내가 마음껏 울 수 있도록 조용히 기다려 준 영우 아줌마와 현진이는 치유의 통로였다.

통화를 끝낸 하윤이 내 곁으로 와 앉았다.

"도서관에 가 볼까?"

내가 묻자 하윤이 휴대폰으로 시간을 확인했다.

"그러자. 지금 일어날까?"

그 말을 신호로 우리는 동시에 일어나 공원을 거닐었다. 공원을 관통하는 길이 도서관까지 가는 지름길이었다. 하윤의 걸음이 나보다 조금 빨랐다. 나는 몇 걸음 뒤에서 하윤의 걸음새를 힐끔거렸다. 한 걸음, 또 한 걸음 정성껏 땅을 디디는 단단한 걸음걸이가 믿음직스러웠다.

발걸음을 디딜 때마다 새로운 깨달음이 내 몸을 두드렸다. 엄마를 보낸 후 급히 슬픔을 묻어 두기 바빠 제대로 된 애도 기간을 가지지 못했다. 그렇게 속절없이 시간을 보내기만 하면 시간과 함께 슬픔이 옅어지리라 믿었다.

그런데 아니었다. 온몸으로 슬픔을 토해 내고, 치가 떨리는 상실감에 발악을 해 대는 시간이 내게 필요했던 거다. 그리고 또 깨달았다. 친구들에게는 그토록 좋은 말을 많이 해 줬으면서 정작 나에게는 무심했다는 사실을. 조금만 약해지면 누구보다도 매섭게 나를 몰아붙였다. 나 자신에게 다정하지 못했다. 내가 나 자신에게 좋은 친구가 되어 주지 못했다. 오히려 무섭기 짝이 없었다. 하윤을 대하듯, 마이 상담소에 와서 고민을 털어놓는 친구들을 대하듯 나 자신을 대해 줄 수는 없었을까.

“무슨 책 볼 거야?”

“나? 당연히 퀴즈 책이지.”

하윤이 음하하, 호탕하게 웃었다. 나도 덩달아 클클거렸다. 하윤은 상체보다 하체가 발달한 편이었다. 낙천 선생답지 않게 자신의 튼실한 하체를 가끔 투덜거렸지만, 나는 튼튼한 그 다리가 부러웠다.

수련회 때 함께 산에 갔을 때 하윤이 뒷짐을 진 채 여유롭게 산을 오르내리는 모습에 은근히 감동을 받았다는 이야기는 아직 하지 못했다. 그토록 많은 이야기를 주고받았다고 생각했는데, 여전히 하윤에게 하지 못한 말이 있다니.

하윤이 역시 내게 털어놓지 못한 말들이 있을 것이다. 그것들을 소중히 품은 채 한 살 한 살 나이를 먹고 싶다. 그래서 어른이 되고 나면 하윤에게, 또 나에게 말해 주고 싶다. 진짜 고생 많았다고. 말하지 못한 것들을 가슴속에 품은 채 나이를 먹느라 수고했다고 말이다.

해가 질 무렵, 도서관을 나와 나 홀로 공원을 다시 찾았다. 호수 위를 둥둥 떠다니는 오리 커플을 보며 멍을 때렸다. 생각을 완전히 비우고 싶었지만 힘들었다. 그래도 좋았다. 퀴즈를 푸는 데 목을 매고, 다른 사람의 고민을 풀어 주는 데 혈안이 되어 있었던 건 결국 내 마음으로부터 도망갈 곳이 필요해서였다. 어쩌면 나에게 가장 필요했던 것은 이런 시간인지도 모른다. 나 혼자 내 마음을 찬찬히 들여다보는 시간. 조용히 내 안의 상처와 비밀을 다독여 주고 어루만져 주는 시간. 그만 도망 다니고 앞으로 자주 이런 시간을 가져야겠다. 나 스스로를 소중히 대하고 매만져 줘야겠다.

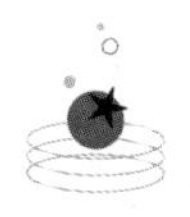

차가운 북풍

학교 게시판에 악플이 올라왔다. 마이 상담소에서 받은 상담대로 했는데 아무 효과도 없었다는 글도 있었고, 연애 경험이 부족한 마이 상담소 애들이 연애 상담을 해 주는 것부터가 크게 잘못된 거라는 글도 있었다. 애초에 또래 상담이라는 것이 말이 안 된다는 원론적인 지적도 있었다.

마이 상담소를 둘러싼 나쁜 소문도 여전했다. 또다시 형평성 문제였다. 누구는 대기조차 없이 금방 상담을 받는데, 누구는 왜 대기를 해야 하느냐를 따졌다. 누구는 오프라인으로 상담을 해 주고, 왜 누구는 성의 없이 SNS로 상담을 해 주느냐며 문제를 제기했다.

우리는 몰려드는 상담마다 최선을 다해 응해 준 죄밖에 없는데, 굉장히 큰 잘못을 한 것처럼 뒤집어씌우는 분위기였다. 모든 일에 공명정대해야 하고 형평성이 있어야 한다는 전제 자체가 잘못되었다는 생각이 들었다. 매사에 공평하고 정의로운 일은 불가능에 가까우니까.

솔직히 다 때려치우고 싶었다. 남의 고민을 듣고, 적절한 반응을 하고, 더 나아가 해결책을 함께 찾아가는 과정은 엄청난 에너지를 필요로 했다.

게다가 상담이 적성에 맞는 나 같은 사람은 몰라도, 효미와 하윤은 매번 잘할 수 있을지 스스로를 의심하며 바짝 긴장했다. 마이 상담소 활동을 한 학기 한 것으로 나뿐만 아니라 애들 모두 상당히 지쳐 있는 상태였다.

참 이상하게도 악플은 작은 것도 그냥 지나칠 수가 없다. 객관적으로 생각해 보면 선플을 훨씬 더 많이 받았다. 마이 상담소에서 상담을 받고 난 후 도움이 되었다는 반응이 훨씬 많았는데도 우리는 악플에 민감하게 반응했다. 어떤 악플이든 아팠고, 마음에 오래 남았다. 어쨌든 우리는 결정해야 했다. 악플에 적극적으로 대응할지, 아니면 이 분위기가 지나갈 때까지 조용히 기다릴지.

예전에 국어 샘이 그랬다. 헛된 소문일지라도 그대로 내버려 두면 점점 부풀려져서 힘을 갖게 된다고. 소문은 참 성가시다.

실체도 없고 근거도 없는데 생각보다 힘이 세다. 소문을 옮기는 사람들의 입은 좀처럼 쉬지 않기에, 말은 입에서 입으로 바람보다 빠르게 자리를 갈아탄다.

이럴 땐 좀 답답하다. 바람이 지나갈 때까지 기다리는 타이밍과 적극적으로 나서야 하는 타이밍을 구분할 수 있는 지혜가 내게 있었으면 좋겠다. 그렇게 많은 퀴즈를 풀었는데도 여전히 내가 지혜롭다는 생각은 들지 않는다. 퀴즈를 푸는 것과 지혜를 쌓는 일은 별개인 걸까?

하윤과 머리를 싸매고 고민을 하다가, 국어 샘에게 SOS를 요청하기로 했다. 샘은 방학인데도 귀찮은 기색 없이 우리의 도움 요청에 손을 내밀었다. 샘이 학교에 볼일이 있어 오는 날에 맞춰 마이 상담소 부원이 총출동했다. 어떤 새로운 간식거리에 빠진 건지 하윤은 살이 포동포동 올랐고, 효미는 표정이 한결 부드럽고 좋아 보였다.

상담실에서 머리를 맞대고 회의한 결과, 적극적으로 대응에 나서기로 했다. 해명할 부분은 해명하고, 실수한 부분은 빠르게 인정하자는 결론이 나왔다. 샘은 각자가 해야 할 일을 나눠 주는 것도 잊지 않았다.

"아이스크림 사 줄까?"

우리는 입을 모아 한 목소리로 대답했다.

"네!"

학교 근처 편의점에서 나는 딸기 맛을, 하윤은 초코 맛 아이스크림을 골랐다. 효미는 민트초코 맛을 골랐다.

“아웅, 너무 맛있다.”

효미는 연방 감탄했고, 하윤은 훙훙거리며 미소 지었다. 에어컨이 빵빵하게 틀어져 있는 편의점에 옹기종기 앉아 우리는 아이스크림에 온 신경을 집중했다. 반팔 여름 셔츠가 찰떡으로 어울리는 국어 샘이 흡족한 얼굴로 우리를 바라보았고, 나는 행복한 얼굴로 아이스크림을 먹는 마이 상담소 친구들을 힐끔거렸다. 에어컨 냉기 덕분에 땀이 거의 다 말라 뽀송뽀송해졌고, 아이스크림은 혀끝이 닿자마자 녹아 사라졌다. 폭염 경보답게 푹푹 찌는 날씨였는데도 그마저도 거슬리지 않는 완벽한 오후였다.

편의점을 나왔다. 효미는 동생을 챙겨야 해서 얼른 집에 가 봐야 한다고 했다. 하윤과 나는 도서관에 반납할 책이 있었다. 우리가 도서관에 간다고 하자 샘이 따라 나섰다.

“나도 오랜만에 도서관이나 가 볼까?”

아무래도 도서관에 볼일이 있다기보다는 하윤이나 나에게 할 말이 있는 듯했다. 눈치를 챘지만 모른 척하고 도서관까지 걸어갔다.

“지원아, 넌 어떤 사람이 되고 싶니?”

아니나 다를까, 얼마 가지 않아 샘이 나에게 질문을 퍼부었다.

“음, 어떤 직업을 갖고 싶은지 물어보시는 거죠?”

"그럴 수도 있고, 아닐 수도 있지."

내가 대답을 머뭇거리자 샘은 질문을 바꾸었다.

"질문이 어려우면 직업으로 하자. 어떤 직업에 관심이 있어?"

"글쎄요, 아직은 제가 뭘 잘하는지, 뭘 하고 싶은지 전혀 모르겠어요."

"천천히 탐색하면 되지. 아직 시간은 많으니까."

수업 시간에 샘이 이런 말을 했다. 지금 사는 게 힘들거나 재미없다고 포기하면 안 된다고. 그건 마치 영화가 시작된 지 십 분밖에 안 됐는데 별로라고 확 나와 버리는 것과 비슷한 거라고. 아직 먹어 보지도 않은 음식을 냄새만으로 판단하는 것과 같은 거라고. 만약 내가 영화감독인데 관객이 영화를 십 분만 보고 뛰쳐 나간다면 무척 화가 날 것 같다. 만약 내가 요리사인데 손님이 맛도 보지 않고 내 음식을 평가하고 싫어한다면 견딜 수 없을 것 같다.

"근데 샘은 지원이 걱정은 하나도 안 된다."

"에, 왜요?"

"지원이 넌 차가운 북풍에 시달린 단풍나무니까."

웬 나무? 샘의 말을 이해하지 못한 하윤과 나의 시선이 은밀히 교차했다. 샘이 차근히 설명을 덧붙였다.

세계적으로 유명한 바이올린에 관한 이야기였다. 이탈리아 북부 산악 지역의 나무로 만든 바이올린에서는 믿기지 않을 만큼 아름다운 소리가 났다. 학자들은 왜 이 지역의 나무들로 만든 악기에서만 그런 소리가 나는지 연구했다. 알고 보니 뒤판에 쓰인 단풍나무 때문이었다. 차가운 북풍에 수없이 시달린 단풍나무로 만들어서 신묘한 소리가 났던 것이다. 햇살이 넉넉하고 따뜻한 곳에서 자란 나무로 만든 바이올린의 소리는 평범하기 그지없었단다.

샘의 말을 요약하면, 삶을 뒤흔드는 시련을 견뎌 낸 자만이 낼 수 있는 아름다운 소리가 있다는 뜻이리라. 상담과 심리학 공부를 하며 알게 된 책《회복탄력성》이 떠올랐다. 하지만 아직 나는 확신할 수 없었다. 시련을 겪은 모든 사람이 아름다운 소리를 내는 것은 아닐 듯하다. 책에서도 말했다시피 삼분의 이의 사람들은 시련을 이겨 내지 못하고 부서진다. 엄마가 좋아하는 소설가도 그런 말을 했다. 대부분의 경우, 시련은 인간을 녹슬게 만든다고.

과연 나는 단단한 사람일까? 차가운 북풍을 감내할 수 있는 사람일까? 시련을 통해 산산조각 나는 대신 더 단단해지고 강해질 수 있을까?

아직 알 수 없었다. 다만 나는 이런 이야기를 내게 들려준 국어 샘에게 또 한 번 감동했다. 샘의 말이 맞을 거라는 듯, 단단하고 초롱초롱한 눈빛으로 나를 바라보며 내 곁에 딱 붙어 있는 하윤에게도 한없이 고마웠다.

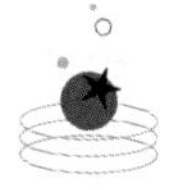

약속

"먹어 볼래?"

허름한 화분에 토마토 열매가 열렸을 때 엄마가 물었다.

"아니."

햇빛을 받아 반짝거리는 토마토 껍질이 신기했다. 씨앗이 품고 있는 가능성을 의심하지 않은 토마토와 하루도 잊지 않고 매일 물을 준 엄마의 정성에 마음 한구석이 뭉클해졌다.

"아까워서 못 먹을 것 같아."

"아깝긴. 먹고 또 심으면 되지."

엄마가 손을 뻗어 토마토 열매를 따려 했고, 나는 얼른 엄마 손을 붙들었다.

"나중에 먹자, 우리."

엄마가 그러자는 뜻으로 가볍게 고개를 끄덕였다. 나는 엄마 손을 가만히 그러잡고 있었다. 어느새 내 시선은 엄마의 손등에 머물렀다.

손가락 마디마디가 굵어져 버린 엄마의 작은 손. 쉴 줄 모르는 부지런한 손. 우리 집에 들이닥쳤던 힘겨움을 오롯이 막아 내고도 자랑스러워할 줄 모르던 엄마 손이 내 주먹 안에 얌전히 머무르는 순간, 오후의 마지막 햇살이 토마토 열매 위로 나지막이 내려앉았다.

엄마는 미국 소설가 어니스트 헤밍웨이와 그의 소설 《노인과 바다》를 가장 사랑했다. 나는 헤밍웨이의 작품은 읽은 게 없었지만, 엄마 덕분에 작가의 생애는 빠삭했다. 작가는 평생 사고를 서른두 번 당했고, 질병은 서른여섯 번을 앓았다. 그중에는 비행기 사고가 두 번 있었고, 뇌진탕이 다섯 번 있었다. 눈 질환이나 전장에서 입은 부상은 수시로 재발하곤 했던 고질병이었다. 예순 살이 넘자마자 헤밍웨이는 우울증이 악화되어 정신 이상 증세를 보였다.

그토록 지독한 불운에 시달렸던 작가지만 이런 문장을 남겼다. 엄마가 가장 좋아했던 문장이다.

진정한 고귀함이란 타인보다 뛰어난 것이 아닌, 어제보다 더 나은 내가 되는 것이다.

어제보다 더 나은 나. 말이 쉽지, 굉장히 어려운 일이라는 것을 마이 상담소 활동을 하며 알아차렸다.

무엇보다도 엄마를 감동시킨 작가의 면모는 끈질긴 투지와 어떤 상황에서도 벌떡 일어나는 오뚝이 정신이었던 것 같다.

"진짜 대단해. 《무기여 잘 있거라》 마지막 부분은 서른아홉 번이나 다시 썼대. 말년에 쓴 《노인과 바다》는 무려 이백 번이나 고쳤고."

엄마와 나는 텔레비전을 켜 놓고는 별로 관심 없다는 듯 영상을 흘려보냈다. 대신 소파에 등을 기대고 앉아 손으로 부지런히 땅콩 껍질을 벗겨 냈다. 바스락거리는 소리와 함께 껍질을 벗긴 땅콩을 입에 집어넣었다. 한창 헤밍웨이 이야기에 열을 올리던 엄마가 불쑥 내게 물었다.

"지원아, 하나만 약속해 줄 수 있니?"

"뭘?"

"살다 보면 한 번쯤은 시련이 올 거야. 아니, 딱 까놓고 말하면 세 번 이상 큰 시련이 올 수도 있어. 휘청거릴 수도 있고, 쓰러질 수도 있겠지. 못 해 먹겠다 싶어서 다 포기하고 싶을 수도 있어. 그럴 때 포기하지 않겠다고, 온 힘을 다해 한 번 더 일어나겠다고 약속해 줄래?"

엄마가 서른 살이었을 무렵, 외할아버지가 크게 아팠다. 그때 속이 다 문드러지고 잠깐 서 있기도 힘들 정도로 어지럽고 힘들었단다. 포기하고 싶었고 도망치고 싶었지만, 그럴 수 없었다. 외할아버지를 돌보고 간호하고 책임져야 했으니까.

"에이, 설마. 그런 일이 세 번이나 올까?"

엄마는 자기 말을 믿지 못하는 딸을 따뜻한 눈빛으로 건너다보았다. 두 손을 마주 비벼 손에 묻은 땅콩 껍질을 털어 내더니 나에게 새끼손가락을 내밀었다.

"약속해 줘, 얼른."

나는 매우 귀찮다는 듯이 손을 티셔츠에 대충 닦은 뒤 엄마의 손가락에 내 새끼손가락을 걸었다.

엄마와 함께 키웠던 토마토 화분을 기억한다. 황토색과 밝은 갈색을 섞은 듯한 화분의 색깔을 기억하고, 화분에 물을 주면서 콧노래를 부르던 엄마의 목소리를 생생하게 떠올릴 수 있다. 화분을 돌보고 키우는 사랑의 몇십 배 더 크고 넓은 마음으로 엄마는 나를 품고 사랑해 주었다.

백화점보다 시장을 좋아했던 엄마. 파란색 에코백에 구멍이 뚫릴 때까지 들고 다녔던 엄마. 웃음소리가 호탕하고 시원했던 엄마. 환경을 생각해서 사람을 만나거나 카페 갈 일이 있으면 텀블러를 꼭 들고 다녔던 엄마. 그 누구보다도 쓰레기 분리수거를 꼼꼼히 했던 엄마. 운전을 배우고 싶어 했던 엄마. 매일 밤 자기 전에 소설책을 읽었던 엄마. 책을 많이 읽어 목에 커다란 주름이 잡혔던 엄마. 동사무소에서 하는 요가 클래스에 꾸준히 다녔던 엄마. 그곳에서 친해진 사람들과 계절이 바뀔 때마다 파전과 막걸리를 나눠 먹었던 엄마. 여름이면 막국수를, 겨울이면 우동을 즐겨 먹었던 엄마. 사람들과 사소한 일들로 두런두런 수다 떠는 일이 취미였던 엄마. 내 입에 들어가는 음식을 직접 두 손으로 만드는 것을 세상에서 제일 좋아했던 엄마. 내가 세상에서 가장 사랑한 사람, 나의 엄마.

책《회복탄력성》에서 이런 문장을 만났다.

> 아기의 뇌는 생후 일이 년 동안 받는 자극에 의해 시냅스를 형성하고 이 때 뇌의 많은 것이 결정된단다. 엄마의 따뜻하고 포근한 품과 애정, 대화를 통해 아기의 뇌는 점차 사회적 능력을 갖게 된다.

엄마는 나를 누구보다도 따뜻하게 품어 주었다. 시간이 날 때마다 나에게 이야기를 들려주었고, 내가 울거나 징징대어도 화내지 않고 달래 주었다. 화분에게 물을 주듯 나에게 사랑을 흠뻑 주었다.

가끔씩 크게 다퉜지만, 내가 함부로 던진 말을 결코 오래 마음에 담아 두지 않았다. 나는 늘 엄마에게 쉽게 용서받았다. 그랬다. 엄마의 사랑이 있었기에 나의 뇌는 건강하게 자랄 수 있었던 거다.

내가 카페 이름을 왜 통로라고 지었냐고 물었을 때, 고모가 이런 말을 했다. 가끔 카페에 오는 손님 중 일하는 나를 물끄러미 들여다보는 사람이 있는 걸 아느냐고. 올 때마다 사장인 자기한테는 관심이 아예 없고 너만 뚫어져라 바라보는 게 몹시 수상하다고. 고모가 하려는 말의 핵심을 알 수 없어 나는 직구를 날렸다.

"헐, 뭐지? 지방 노동청에서 감시 나온 건가?"

청소년이 알바를 하려면 필요한 서류가 많다. 만 15세 미만은 지방 고용 노동청에서 발급하는 취직 인허가증이 필요하고, 만 15세가 지나도 법정 대리인의 동의서와 가족 관계 증명서가 필요하다.

"내 생각엔 말이다."

고모답지 않게 한참을 머뭇거리다가 말을 내뱉었다.

"그 사람들 중 한 명이 아닐까 싶어."

엄마는 세상을 떠나면서 다섯 사람에게 장기를 이식해 주었다. 경황이 없기도 했지만, 워낙 개인 정보 보호법이 엄해서 엄마의 어떤 장기를 어떤 사람에게 이식해 줬는지 가족인 우리도 전혀 몰랐다. 그건 장기 이식을 받은 사람들도 마찬가지일 것이다. 가끔 기사화되는 경우가 있긴 하지만, 대부분은 누구에게 받은 장기인지 알 수 없다.

내 생각을 읽은 사람처럼 고모는 바람이 피식 빠진 목소리로 얼렁뚱땅 말끝을 흐렸다.

“증거는 없고, 그냥 느낌적인 느낌인데…….”

아무 근거도, 증거도 없는 말이었지만, 고모의 말이 내 마음에 오래도록 남았다. 엄마로부터 새로운 생명을 전해 받은 다섯 명의 사람. 나이도, 성별도, 성격도 알 수 없는 그 사람들이 매일매일 고마운 마음을 품고 세상을 살아가고 있다. 지금 이 순간에도. 그렇게 엄마와 나를 이어 주고 있다. 엄마와 나를 이어 주는 통로가 이거 말고도 더 있지 않을까? 그런 것들이 세상에 얼마나 더 있을까? 몹시 궁금해졌고, 하나도 빠짐없이 알고 싶어졌다.

엄마가 갑자기 내 곁을 떠난 뒤 계속 절망에만 빠져 있을 수는 없었다. 엄마와 손을 걸고 한 약속이 있었으니까. 포기하지 않기로, 도망가지 않기로 약속했으니까. 어떤 일이 벌어져도 다시 일어서기로 손가락을 걸고 도장까지 찍었으니까. 나는 살아야 했고, 바닥을 딛고 일어서야 했고, 다시 앞으로 나아가야만 했다.

고맙게도 난 혼자가 아니었다. 내가 힘들 때, 외로울 때, 막막할 때 부르면 언제든 달려와 주는 사람들이 있었다.

이제 나는 나 자신과도 하나의 약속을 한다. 더 웃기로. 더 가벼워지기로. 더 많이 사랑을 하기로. 밥을 꾸역꾸역 잘 먹기로. 퀴즈에만 목매지 말고 공부도 좀 하기로. 엄마처럼 책을 부지런히 읽어 더 현명해지기로. 남은 용돈을 모아 기부도 종종 하기로. 더 멋진 상담을 해내는 사람이 되기로. 자연스럽게 사람들

사이로 스며들기로. 엄마를 떠나 보낸 상처를 피해 다니기 바쁜 아빠를 마주 보기로.

그리고 나 자신을 미워하지 않기로. 종종 혼자만의 시간을 갖기로. 찬찬히 내 마음을 들여다봐 주고 관심을 기울이기로. 내 마음이 힘들거나 우울할 때 가장 먼저 알아차려 주기로. 내 안에 빛나고 있는 소중한 것들을 더 사랑해 주기로.

습하고 더운 여름의 한가운데에서 나는 쨍한 태양을 마주 보았다. 엄마가 있는 곳이 편안하고 따뜻한 곳이기를 바란다. 구름은 푹신푹신하고, 햇살은 적당히 따뜻하고, 습도는 알맞기를 바란다. 엄마가 내 걱정을 덜 하기를 바란다. 언젠가 이 세상을 떠나야 하는 순간이 오면 엄마와 다시 만날 수 있기를 희망한다. 그 순간 엄마에게 세상에서 가장 환한 미소를 지어 보일 수 있기를 간절히 바란다.

맑은 하늘을 바라보고 있자니 엄마의 목소리가 들릴 것만 같았다.

"지원아, 힘들 때는 하늘을 바라봐. 그리고 엄마를 생각해."

"그럼 뭐가 달라지는데?"

"엄마가 언제든 네 마음으로 달려갈게."

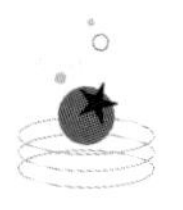

예술

정신을 차릴 수 없을 정도로 무더운 방학이었다. 폭염과 폭우에 번갈아 시달리다가 눈을 떠 보니 개학이 코앞이었다. 방학 숙제를 마무리해야 하는 시간이었다.

우리는 진지하게 숙고한 끝에 내 인생의 책 한 권을 골랐다. 내가 뽑은 책은 《회복탄력성》이었고, 하윤이 고른 책은 '스탠퍼드대 미래 인생 보고서'라는 부제가 붙은 《스무 살에 알았더라면 좋았을 것들》이었다. 소설을 좋아하는 효미는 끝까지 고민하다가 생텍쥐페리의 《어린 왕자》를 선택했다.

하윤이 사랑하는 최애 배우의 영화가 개봉하는 날, 영화관에서 효미와 예린을 마주쳤다. 하윤이 효미와 예린을 각자 초대했는데, 어쩐 일인지 둘이 함께 영화관에 들어왔다. 탕후루를 나눠 먹으며 무슨 일이 있었던 건지 모르겠지만, 둘은 꽤 자연스럽게 이야기를 나누며 영화관으로 들어섰다. 밖에서 우연히 마주친 건지 궁금해하고 있는데, 예린이 먼저 이실직고를 했다.

"아지트에서 만났어. 혼자 오기 심심해서."

"아지트?"

하윤이 물었다. 나는 하윤의 어깨를 가만히 토닥였다.

"그런 게 있단다. 팝콘 사 줄까?"

팝콘을 사랑하는 하윤이 고개를 끄덕이며 귀여운 고양이 눈망울로 나를 바라봤다. 그 눈망울에 넘어가 가장 비싼 특대 팝콘을 살 수밖에 없었다.

영화는 만족스러웠다. 고려 시대와 현재를 오가는 남다른 스케일의 서사답게 액션 신도 화려하고 결말도 나쁘지 않았다. 영화관을 나오며 우리는 두 그룹으로 쪼개졌다. 하윤과 효미는 화장품을 보러 간다고 했다. 내가 서점에 갈 일이 있다고 하자 예린이 따라 나섰다. 자기도 책 살 일이 있다면서.

서점까지 걸어가기는 좀 멀었다. 우리는 버스를 탔고, 맨 뒷좌석에 나란히 앉았다. 하염없이 밖을 보다가 예린이 불쑥 말했다.

"난 내 이름이 싫어."

"그래? 난 예쁘다고 생각했는데."

"어른 되면 개명할 거야."

"뭐로?"

"예술로."

왜 그 이름으로 바꾸고 싶은지 묻지 않았다. 다만 홀로 추측해 볼 뿐이었다. 예술처럼 아름다운 사람이 되고 싶은 건가? 예술적인 삶을 살고 싶은 건가? 아무 근거 없는 제멋대로의 추측이니 분명 틀린 답안일 것이다.

"난 내가 싫어."

예린이 꺼낸 이야기는 예전에 하윤이 들려준 것과 크게 다르지 않았다. 원래 오빠는 모범생이었다. 성적도 좋았고, 학교생활도 훌륭했다. 그러던 오빠가 부모의 강압에 저항하기 시작하면서 집은 하루가 멀다 하고 시끌시끌했다. 오빠가 술에 취해 자기 방에 있던 물건을 모두 부수기도 했고, 아빠와 오빠가 몸으로 부딪치다가 두 사람 다 응급실에 실려 가기도 했단다.

그 사이에 껴서 예린은 말 그대로 쪼그라들었다. 자신 또한 오빠처럼 언제 폭발할지 모른다고 생각하면 두려웠다. 그런데 정작 자신이 두려워하는 것의 실체를 알 수 없었다. 오빠처럼 폭주할까 봐 두려운 건지, 부모에게 대들다가 완전히 버림받을지도 모른다는 것이 두려운 건지, 부모의 강압과 기대가 오빠 대신 자신에게 쏠릴까 봐 두려운 건지 알 수 없었다.

"가끔 숨이 잘 쉬어지지 않을 때가 있어. 그러면 덜컥 겁이 나.

나도 오빠처럼 공황 장애가 온 건 아닐까 싶어서."

나는 하염없이 창밖만 바라보는 예린의 옆얼굴을 조용히 건너다봤다.

"난 우울증 약 먹고 있어. 처음엔 약 먹는 게 두려웠는데 먹다 보니까 괜찮더라고."

"약 처방받으면 기록이 남고 입시나 취직할 때 불리할까 봐 주사 치료를 하기도 한대."

"그렇구나."

이어 예린이 들려준 주사 치료 이야기는 생경했고, 그래서인지 좀 무서웠다. 우울증이나 공황 장애는 자율 신경계의 균형이 깨지면서 생기는 건데, 보통 교감 신경이 날뛰어서 문제인 경우가 많다고 한다. 주사 치료를 받은 사람들의 후기를 읽어 보면 주사를 맞자마자 신경이 마비돼 눈을 뜰 수도 목소리를 낼 수도 없어서, 마취가 다 풀릴 때까지 침대에 누워 있단다.

"오빠도 그 치료 받은 적이 있는데, 한 번 받고는 힘들었는지 그냥 약을 먹더라고."

오빠가 직접 받아 본 치료라서 이렇게 상세하게 알고 있는 거구나, 싶었다.

버스가 정류장에 멈춰 섰다. 잠깐 이야기가 끊겼고, 사람들이 분주히 버스에 오르고 내렸다.

예린의 부모는 엄격한 완벽주의자들이었다. 자식들이 자신들처럼 완벽하게 유능하기만을 바랐다. 공부를 잘하지 못하는 자식은 애초에 필요 없다는 주의였다. 예린은 있는 그대로의 모습으로 사랑받아 본 기억이 없었다. 그래서일까. 자신을 혐오했다. 남들도 꼴 보기 싫어했다. 매사 불평불만이 많았다.

"사람들이 쉽게 말하잖아. 자신을 좋아하고 지지해 줘야 한다고. 근데 나는 나를 어떻게 좋아해야 할지 진짜 모르겠어."

우리는 버스에서 내려 서점으로 갔다. 나는 오늘 사기로 한 책을 보기 전에 예린에게 추천해 주고 싶은 책부터 골랐다. 《아주 작은 반복의 힘》과 《아주 작은 습관의 힘》, 그리고 《태도에 관하여》, 《태도 수업》을 예린에게 내밀었다.

"이 책들이 도움이 될 거야."

얼떨결에 책들을 두 손 가득 받아 들고 예린이 나에게 물었다.

"넌 어떻게 이런 책들을 아는 거야?"

"엄마가 책벌레였거든."

내 입꼬리가 저절로 스윽 올라갔다. 엄마는 소설과 비소설을 가리지 않고 책을 읽었다. 집에는 항상 책이 넘쳐 났고, 나는 엄마를 흉내 내고 싶어 책을 만지고 놀았다. 엄마처럼 책을 좋아하게 된 이후로 엄마는 내게 공부하라고 잔소리한 적이 없었다. 아쉽게도 엄마와 달리 내 독서량은 아주 적은 편에 속했지만.

"어머님 이야기 들었어."

나는 그 이야기를 누가 해 주었느냐고 묻지 않았다. 더는 그 이야기를 꽁꽁 숨기고 싶지도 않았다.

"너도 많이 힘들었겠다."

속으로 좀 놀랐다. 예린의 입에서 들을 수 있으리라 기대한 적 없는 말이었기 때문이다.

"실은 그 이야기 듣고 많이 놀랐어."

나는 예린을 지그시 바라보았다. 예린과 나의 눈빛이 꽤나 가까이서 마주쳤다.

"네가 씩씩하고 단단해 보여서 그렇게 큰 슬픔이 있을 줄 진짜 몰랐거든. 그리고…… 세상에서 나보다 더 슬프고 우울한 사람은 없을 거라고 확신했거든."

예린이 하려는 말이 무슨 뜻인지 잘 알았다. 엄마를 잃고 한동안 나도 같은 생각을 했다. 세상에서 나보다 더 불행한 사람은 없을 거라고 굳게 믿으며 우울하고 염세적인 생각만 긁어모았다. 그런 생각이 나 자신을 갉아먹는 줄도 모르고 참으로 미련하게도 그랬다.

어떤 표정을 지어야 할지 알 수 없어 어설픈 미소를 지으며 계산대로 걸어갔다. 책을 다시 건네 달라는 뜻으로 예린에게 손을 내밀자 예린의 눈이 동그래졌다.

"내가 사 줄게."

"뭔 솔? 내가 사야지."

"선물해 주고 싶어서 그래. 나, 알바비 받아서 부자거든."

예린이 들고 있던 책들을 뺏다시피 해서 계산했다. 고맙다고 말하는 예린에게 계산이 끝난 책을 다시 건넸다. 나에게 필요한 책들을 보러 가기 전, 나는 마지막으로 예린에게 말했다.

"나도 날 좋아한다고 자신 있게 말은 못 해. 다만 미워하지 않으려고 노력할 뿐이지. 이 책들 보면서 오늘부터 아주 작은 걸 시작해 봐. 계단 오르기도 좋고, 좋아하는 배우 덕질도 좋고, 한자 공부도 좋아. 아주 작은 것을 반복하면서, 그걸 해내는 너 자신을 칭찬해 주려고 노력해 봐. 일단 거기에서 시작하는 게 좋겠어."

웬일로 예린이 제법 진지한 얼굴로 내 이야기를 듣고만 있었다. 나는 예린에게 잘 들어가라는 뜻으로 손을 살짝 흔들었다. 시간이 흘러 예린을 향한 마음이 좀 더 열리게 되면 나의 최애 책 《회복탄력성》도 추천해 줘야겠다고 생각하면서 발길을 돌렸다.

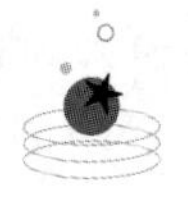

다시 마이 상담소

예린과 헤어진 뒤, 나는 혼자 상담학과 심리학이 있는 서가 쪽으로 가려 했다. 그런데 웬걸, 예린이 나를 졸졸 따라왔다. 내가 사는 책에도 관심이 있는 건가 싶어 잠자코 있었다. 나는 책을 검색하는 곳으로 다가가 추천받은 책이 있는 위치를 하나씩 살폈다.

마이 상담소 활동을 하면 할수록 더 제대로 공부해서 더 제대로 된 상담을 해 주고 싶다는 욕망이 부글부글 끓어올랐다. 잠깐 일렁였다가 사라질 욕망일 수도 있지만, 그 마음을 무시하지 말고 공 들여 찬찬히 들여다봐 주고 싶었다.

"전부 심리학 책이네?"

내가 고른 책들을 힐끔 보다가 예린이 말했다. 그러더니 예린의 입에서 뜻밖의 말이 나왔다.

"실은 나, 다시 마이 상담소 활동 하고 싶어."

나는 약간 당황했다. 버퍼링이 걸려 금방 대꾸할 말을 찾지 못했다.

"진심?"

"진심."

"그럼 채아한테 사과부터 해. 그게 순서야."

"알아, 벌써 했어."

"했어?"

"그렇다니까. 구라 같아?"

아니라는 뜻으로 나는 고개를 살랑살랑 저었다. 이 소식을 얼른 하윤, 효미와 공유하고 싶다는 마음이 빠르게 부풀어 올랐다.

"못 믿겠으면 이따 확인해 보든지."

계산대까지 따라온 예린이 시크하게 덧붙였다. 무슨 말인가 싶어 내가 눈가를 살짝 찡그리자 친절하게도 부연 설명까지 했다.

"서점 앞에서 우채아랑 안준혁 만나기로 했거든."

"너랑…… 셋이서?"

"응."

"왜?"

"그냥?"

오늘도 역시 이예린은 몹시도 무심한 얼굴이었다. 그래서 말 이외에 감춰 둔 속뜻이나 속마음을 예측하거나 추리할 수가 없었다. 분명 이예린과 우채아는 안준혁을 사이에 두고 싸웠다. 그런데 왜 세 사람이 이 폭염 속에서 만나는가?

불길한 기운이 어려 있는 삼자대면을 기필코 피해야겠다고 생각하는데, 그걸 간파했는지 예린이 불쑥 물었다.

"너, 지금 얼굴 되게 싸하다? 뭔데? 걱정돼?"

응, 무지 걱정돼. 넌 왜 걱정을 안 하니? 어째서 당사자인 너보다 내가 더 불안해해야 하는 거니?

채아나 준혁을 만나기 전에 얼른 사라져야겠다고 결심하고 정문이 아닌 후문으로 서점을 빠져나오는데, 하필이면 거기에서 걔들과 딱 마주쳤다. 우채아와 안준혁이 나란히 서점 후문 쪽으로 걸어오고 있었다.

"차지원!"

손바닥으로 다급히 얼굴을 가리며 뒷걸음질 치려는데 글러먹었다. 채아한테 딱 들켜서 오도 가도 못 하는 신세가 되었다. 나는 하는 수 없이 손바닥을 치우고 어색하게 웃으며 채아한테 손을 흔들었다. 그사이를 틈 타 예린은 준혁이 있는 곳으로 쪼르르 달려갔다.

엄청난 기세로 내리쬐는 태양을 피하고 싶어 나는 무거운 책을 번쩍 들어 올려 차양을 만들었다. 채아는 나에게 따로 할 말이 있는지 내 옆에 찰싹 붙어 따라왔다. 예린과 준혁은 몇 걸음 앞에서 나란히 걸어갔는데, 무슨 이야기를 나누는지 둘 다 입이 귀에 걸려서 아주 싱글벙글 그 자체였다. 너무 좋아서 덥지도 않은가 보네. 참으로 싱그럽네.

"화해한 거지?"

더위에 굴복한 내가 헉헉거리며 묻자 채아가 아주 씩씩하게 대답했다.

"정중히 사과하더라고. 안 받을 이유는 또 없으니까."

"잘됐네. 그건 알겠는데, 이 기묘한 조합은 뭘까?"

내 말이 웃겼는지 채아가 피식 웃었다.

"쿨하게 사과 받고 내가 또 쿨하게 양보한 거지."

"뭘?"

"안준혁을."

헐, 안준혁이 물건도 아니고 양도, 아니 양보를 하면 다인 건가? 안준혁 의사도 물어봐야 하는 거 아니야?

"많이 좋아하는 줄 알았는데."

많이 좋아하는 것도 아니면서 그 사달을 낸 거였어? 진짜 속뜻은 그러했는데 그러거나 말거나 채아는 내 속뜻도, 안준혁의 의사도 관심이 없는 듯했다.

"응, 그랬지. 근데 내가 요새 푹 빠진 아이돌 멤버가 있어서."

응, 그새 러브의 대상을 갈아탔다는 소리구나. 나는 그렇게 상황 파악을 완료했고, 이제 남은 일은 최대한 빨리 에어컨이 있는 실내로 들어가는 거였다.

"있지, 차지원."

그런 내 마음을 아는지 모르는지, 알면서 모르는 척을 하는 건지 채아는 자꾸 말을 걸었다. 나는 진땀인지 속땀인지 모를 땀을 줄줄 흘렸다.

"미안했어."

뭐가 미안하다는 건지 모르겠지만, 지금 당장 나를 이 폭염 속에 묶어 두는 걸 좀 미안해해 줄래?

"예린이랑 싸운 후에 내가 마이 상담소 욕 많이 했거든."

그래, 알지. 그 여파로 마이 상담소와 나는 영원히 불멸할 정도로 욕을 들었다. 위클래스 문 앞과 학교 게시판을 도배한 악플들을 어찌 잊을 수 있겠는가.

"진심이 아니었단 말 하고 싶었어."

더위에 눌어붙은 내 걸음이 조금씩 느려지고 있었다.

"내 주변에 마이 상담소 칭찬하는 애들 많아. 특히 너한테 상담 받은 애들은 다 폭풍 칭찬이더라. 그걸 알면서도 화가 나니까 악플 달아 달라고 애들을 막 졸랐어."

나는 걸음을 멈추고는 책을 한 손으로 들었다. 남은 손을 채아에게 살며시 내밀며 말했다.

"사과를 받아들이겠으."

채아가 내민 손을 마주잡았다. 우리는 굉장히 공식적이고도 의미심장한 그런 악수를 나누었다.

"부장한테 사과했으니, 이제 나 마이 상담소 다시 들락거려도 되는 거지?"

채아가 포근한 미소를 머금은 채 물었다.

"물론."

곧 개학이다. 앞으로 마이 상담소는 어떻게 될까? 다시 복귀한 예린이 아무 말썽 없이 동아리 부원 역할을 잘해 줄 수 있을까? 효미와 예린의 사이는? 먹는 것 말고는 도통 다른 것에는 관심이 없는 하윤은?

이제 중학생으로서 마지막 학기가 시작된다. 어떤 고등학교에 지원해야 할 것인가. 마지막은 새로운 시작을 예비하고 있다. 고등학교 생활을 앞두고 많이들 긴장할 것이다. 새로운 고민이 쏟아지겠지. 우리 깜냥으로 해결해 줄 수 없는 고민이 더 많아질지 모른다. 그래도 마이 상담소는 포기하지 않을 것이다. 일단 귀를 기울이고 진심을 다해 마음을 열고 이야기를 들어 줄 것이다. 경청과 열린 마음을 위해 준비하고 또 준비할 것이다.

자, 이제 당신 차례다. 당신을 괴롭히는 고민은 무엇인가? 당신이 어디에 있든 마이 상담소가 지금 당장 달려가겠다. 당신이 우리에게 허심탄회하게 말해 줬으면 좋겠다. 무엇이 가장 두려운지, 어떤 때 가장 나약해지는지, 누구에게도 말할 수 없는 외로움에 몸부림 칠 때 어떻게 견뎌 왔는지. 이야기를 꺼내고 싶을 때까지 얼마든지 기다릴 수 있다. 그리고 당신이 입을 여는 순간 알아차릴 것이다. 마이 상담소의 부원들이 반짝이는 두 눈과 활짝 열린 귀로 당신에게 집중하고 있다는 것을.

작가의 말

2022년 7월, 강연을 위해 부산의 동평여중으로 향했다. 부산역에서 탄 버스에서 내리는데 억수 같은 비가 쏟아졌다. 폭포처럼 쏟아지는 비로 옷과 신발은 금세 젖어 버렸다. 학교 정문에 도착해서 배움터 지킴이 선생님이 계시는 건물에 몸을 밀착했다. 차양이 조그맣게 있어 그곳에서 비가 잦아들기를 기다렸지만, 하늘에서 퍼붓는 비는 줄어들 기미가 없었다.

공연 후 강연을 시작했다. 대강당에서 하는 강연은 친구들의 집중력이 금세 흩어지기 마련이라 좋아하지 않는 편인데 다행히도 이날은 괜찮은 편이었다. 친구들이 책을 많이 읽고 와 준 덕분 같았다. 준비한 이야기를 조금 일찍 끝내고 질문을 받겠다고 했다. 속으로는 질문이 많이 나오면 좋겠다고 생각했다. 강연을 다닐 때마다 그런 욕심을 품지만, 생각보다 질문이 많지 않을 때도 많다.

그런데 웬걸. 동평여중 친구들은 앞다퉈 손을 들고 질문을 우르르 쏟아냈다. 질문을 하고자 하는 친구가 많아 답변을 다 해주지 못할 정도였다. 마무리해야 할 시각이 다가와 어쩔 수 없이 몇 친구의 질문은 받지 못했다. 그러자 강연 후 은밀히 다가와 질문을 던진 친구도 있었다.

더 신기한 일은 내 안에서 일어났다. 나는 친구들이 던진 질문에 굉장히 빠르고 단호하게 답변을 하고 있었다. 마치 오래전부터 답변을 준비해 온 사람처럼 능숙하게 대답했다. 스스로도 놀라울 지경이었다.

조그맣게 달뜬 여운이 오래도록 나를 감싸안았다. 처음 만난 내게 선뜻 마음의 문을 열고 솔직하게 고민을 들려준 친구들에게 고마웠다. 집으로 돌아가는 열차 안에서 나는 친구들이 던진 질문을 하나씩 정리해 보았다. 질문의 성질과 내용이 참으로 다양했다. 커다란 질문도 있었지만 작고 사소한 질문이 더 많았다. 아, 친구들에게 이런 고민이 있구나. 이런 질문과 고민을 나눌 공간과 사람이 부족하구나. 작은 놀라움과 안타까움과 미안함 등의 여러 감정이 교차했다. 친구들이 해 준 질문과 그 안에 담긴 고민을 다루는 글을 써 보고 싶다는 생각을 품게 되었다. 소설의 첫 씨앗이 그렇게 내 마음에 심겼다.

어떤 소설은 정말 신이 나서 즐겁게 쓰는데 어떤 소설은 꾸역꾸역 힘겹게 글자를 채워 나간다. 이 소설은 후자였다. 소설을 완성한 후 곰곰이 생각해 봤다. 왜 이 소설을 쓰는 내내 힘겨웠을까. 소설을 쓰는 동안 끈질기게 나를 괴롭힌 지점은 '내가 감히 엄마를 잃은 지원의 마음을 짐작이라도 할 수 있을까?'였다. 작가라면 직접 겪지 않은 일도, 잘 알지 못하는 인물도 능숙하게 다루어야 하는데, 그게 쉽지 않음을 매번 절감하고야 만다. 그걸 알면서도 다시 시도한다. 그게 소설가의 일이 아닐까 싶다.

차가운 북풍에 시달린 단풍나무 이야기는 《문요한의 마음 청진기》를 참고했다. 눈빛을 반짝이며 마음을 활짝 열어 준 동평여중 친구들에게 고마움을 담뿍 담아 안부 인사를 건넨다. 더불어 원고를 꼼꼼히 살펴 준 편집부를 비롯해 이 책이 나오기까지 고생해 주신 모든 분께 감사의 인사를 전한다. 그리고 소설을 끝까지 읽어 준 독자분들께 두 손 모아 사랑의 인사를 전한다.

탁경은